Malagueta, Perus e Bacanaço

Capa: Rodrigo Lacerda e Luciana Facchini
Imagem de capa: Ricardo Arnt
Projeto gráfico: Raul Loureiro
Revisão: Maria Helena Arrigucci

1ª edição Rio de Janeiro: Civilização Brasileira, 1963. / 2ª edição Instituto Nacional do Livro/Civilização Brasileira, 1975. – Reimpressa em 1975, 1976 e 1978. / 3ª edição São Paulo: Círculo do Livro, 1980. / 4ª edição Rio de Janeiro: Record, 1980. Reimpressa em 1982. / 5ª edição São Paulo: Clube do Livro, 1987. / 6ª edição São Paulo: Ática, 1987 (esta edição contém apenas o conto "Malagueta, Perus e Bacanaço").

A presente edição tem por base a de 1975, última revista pelo autor, em 1974. Nova fixação de texto foi empreendida pela Cosac Naify, corrigindo erros de todas as edições anteriores.

A Cosac Naify agradece ao Acervo João Antônio, vinculado ao Centro de Documentação e Apoio à Pesquisa da Universidade Estadual de São Paulo, em Assis, pela cessão da matriz da foto de capa, cópia única da coleção particular do escritor.

Dados Internacionais de Catalogação na Publicação (CIP)
(Câmara Brasileira do Livro, SP, Brasil)

Antônio, João, 1937-1996.
Malagueta, perus e bacanaço / João Antônio;
[prefácio de Antonio Candido]. – 4. ed. rev. –
São Paulo: Cosac Naify, 2004.

ISBN 85-7503-361-1

1. Contos brasileiros I. Candido, Antonio. II. Título.

04-6263 CDD-869.93

Índices para catálogo sistemático:
1. Contos : Literatura brasileira 869.93

Cosac Naify
Rua General Jardim, 770, 2º andar
01223-010 – São Paulo sp
Tel [55 11] 3218-1444
Fax [55 11] 3257-8164
www.cosacnaify.com.br

Atendimento ao professor: [55 11] 3218-1466

João Antônio

Malagueta, Perus e Bacanaço

PREFÁCIO Antonio Candido de Mello e Souza

COSACNAIFY

Na noite enxovalhada*

Antonio Candido

Antigamente os professores de ginásio ensinavam a escrever mandando fazer composições que puxavam insensivelmente para a grandiloqüência, o preciosismo ou a banalidade: descrever uma floresta, uma tempestade, o estouro da boiada; comentar os males causados pelo fumo, o jogo, a bebida; dizer o que pensa da pátria, da guerra, da bandeira. Bem ou mal, íamos aprendendo, sobretudo porque naquela época os professores ainda tinham tempo para corrigir os exercícios escritos (o meu chegava a devolver os nossos com igual número de páginas de observações e comentários a tinta vermelha; que Deus o tenha no céu dos bons gramáticos). Mas o efeito podia ser duvidoso. Lembre-se por afinidade o começo de *S. Bernardo*, de Graciliano

* Texto originalmente publicado por ocasião da morte do escritor, em outubro de 1996, sob o título "Ficcionista é 'um verdadeiro descobridor'". *O Estado de São Paulo*, ano XVII, nº 844, 9 nov. 1996. Suplemento Cultura, p. 11. Republicado como "Na noite enxovalhada", in Antonio Arnoni Prado, Maria Eugenia Boaventura e Orna Messer Levin (orgs.). *João Antônio: Remate de males*, n. 19. (Campinas: IEL/UNICAMP, 1999) pp. 83-88.

Ramos. Paulo Honório quer contar a própria vida, mas, sendo um homem sem instrução, imagina um método prático: contaria os fatos ao jornalista local e este redigiria.

"O resultado foi um desastre. Quinze dias depois do nosso primeiro encontro, o redator d'*O Cruzeiro* apresentou-me dois capítulos datilografados, tão cheios de besteiras que me zanguei:

–Vá para o inferno, Gondim. Você acanalhou o troço. Está pernóstico, está safado, está idiota. Há lá ninguém que fale desta forma!"

O jornalista observa então que "um artista não pode escrever como fala", e ante o espanto de Paulo Honório, explica:

"– Foi assim que sempre se fez. A literatura é literatura, seu Paulo. A gente discute, briga, trata de negócios naturalmente, mas arranjar palavras com tinta é outra coisa. Se eu fosse escrever como falo, ninguém me lia."

Então Paulo Honório põe mãos à obra do seu jeito, "escreve como fala" e resulta *S. Bernardo*.

Por isso, talvez seja melhor adotar o ponto de vista do escritor norte-americano O. Henry. Não me lembro onde li que um rapaz lhe perguntou o que devia fazer para se tornar um escritor, esperando provavelmente de volta o conselho clássico do temporal, do mar bravio, da batalha. Mas O. Henry lhe disse apenas o seguinte: "Descreva uma galinha atravessando um pátio; se conseguir, será um escritor".

Pensei nessas coisas relendo esta coletânea de João Antônio e refletindo sobre a sua capacidade de criar linguagem a partir da que se fala no dia-a-dia. Mas antes de tratar disso, pensemos também na estrutura do livro. Há nele certo ritmo, uma espécie de *crescendo*, que serve para iniciar progressivamente o leitor nas camadas essenciais de sua visão e da sua escrita, ao longo de três blocos, constituídos por três tipos diferentes de contos, todos eles valiosos e interessantes, mas em graus diferentes de qualidade. Os do primeiro são em número de três, qualificados de "gerais" pelo autor, sem ligação um com o outro. Os do segundo são dois, referidos ao tema do serviço militar. No terceiro há quatro, em torno do submundo, sendo dois curtos, como os anteriores, um outro maior, enquanto o último, que coroa a coletânea em todos os sentidos, ocupa a terça parte do livro. O ritmo indicado faz o leitor aproximar-se aos poucos do que João Antônio oferece de mais significativo, à medida que vai passando das histórias fáceis para as mais complexas.

Sob as diferenças que as individualizam existe, é claro, um tecido que constitui a tonalidade geral. Nele, podemos distinguir, por exemplo, a ausência completa de sentimentalismo, quer se trate de amor, da rotina dos quartéis, da miudeza de cada dia, da malandragem. Esta característica é devida a uma espécie de neutralidade estratégica, que dá destaque ao real, sobretudo porque os contos são escritos numa prosa dura, reduzida às frases mínimas, rejeitando qualquer "elegância" e, por isso mesmo, adequada para representar a força da vida.

Mas não se pode dizer que João Antônio escreva como fala (mesmo porque nos seus ensaios e artigos a coisa é outra), embora se possa dizer que elaborou uma voz narrativa manipulando da maneira mais fiel possível a comunicação oral. Ninguém fala como escreve, pontifica o jornalista Araújo Gondim em *S. Bernardo*. Justamente por isso é interessante verificar como na prosa ficcional de João Antônio os valores da oralidade (requeridos pelos assuntos) são transmudados em estilo, inclusive graças a uma parcimônia seletiva por vezes próxima da elipse, denotando consciência das possibilidades que o implícito possui para dar ao explícito todo o seu vigor humano e artístico. Ao lado disso, há nela uma coragem tranqüila de elaborar a irregularidade, aceitando os caprichos da conversa, as hesitações, as repetições, as violações do "bom gosto" convencional, que contradizem os manuais de escrever bem, mas aumentam o alcance da expressão, porque a aproximam da naturalidade. E aqui, tratando-se de João Antônio, é quase inevitável evocar Lima Barreto, um de seus prediletos, inclusive pela capacidade de desmistificação e a coragem de remar contra a maré. Lima Barreto, num momento de apogeu da mentalidade acadêmica e da mania de purismo gramatical, destoou graças à livre simplicidade da sua escrita. Embora produzindo numa era bem mais desafogada, João Antônio assume a mesma força da afirmação pela negação, inclusive negação das convenções estilísticas, pois não hesita em escrever de um modo que, embora gramaticalmente correto, irritaria profundamente o lápis vermelho dos censores vernaculistas. Veja-se, por exemplo, no conto final do livro:

"Cada um tem a sua bola numerada e que não pode ser embocada. Cada um defende a sua e atira na do outro. Aquele se defende e atira na do outro. Assim, assim, vão os homens nas bolas. Forma-se a roda com cinco, seis, sete e até oito homens. O bolo. Cada homem tem uma bola que tem duas vidas. Se a bola cai o homem perde uma vida. Se perder as duas vidas poderá recomeçar com o dobro da casada. Mas ganha uma vida só...

Fervia no Joana d'Arc o jogo triste da vida".

Passando por cima das normas, João Antônio repetiu neste trecho palavras à vontade, acolheu as assonâncias, inclusive explorando a homofonia ("bola", "bolo") ou a polissemia ("vida", "vida"), com uma astúcia que tem ar de desalinho. Deste modo, viola o bom-tom mas cria uma trepidação expressiva que se ajusta à situação narrada. A fala se torna, portanto, estilo, elaboração que, apesar da aparência, tira a palavra da sua função meramente comunicativa e a traz para dentro da literatura.

Recapitulando: ritmo de solavanco nas frases mínimas, naturalidade elaborada da linguagem coloquial na seqüência, emprego eficiente do subentendido – conferem à prosa narrativa de João Antônio uma energia que vai aos poucos cativando o leitor, sobretudo porque neste livro, como ficou dito, as histórias são arranjadas de maneira a passarmos das mais singelas e por vezes anedóticas do primeiro bloco para a riqueza das duas últimas: "Meninão do Caixote" e, sobretudo, "Malagueta, Perus e Bacanaço".

Esses dois últimos contos (como outros de João Antônio) têm a marca daquelas realizações literárias que, a fim de representar o real de maneira convincente, conseguem criar um mundo próprio, até certo ponto "fechado", como se tivesse leis próprias que nos fazem sentir raptados do nosso, para viver nele durante o tempo da leitura e, mais tarde, revivê-lo na memória. Neles, a narrativa de João Antônio nos joga no universo noturno de São Paulo. Mas de um certo São Paulo, construído ao redor de alguns marginais moídos pela vida, procurando um jeito de sobreviver por meio da trapaça, da esperteza ou da brutalidade. Nesses dois contos, mas sobretudo no último, excepcionalmente poderoso, tudo se articula para criar um mundo onde tomamos conhecimento de novas dimensões da vida, como se o autor quisesse nos iniciar na esfera dos excluídos, que procuram contornar a miséria usando esse sucedâneo patético do trabalho que são as artes da malandragem. E tudo vai se organizando para nos encerrar na atmosfera própria do conto: a iluminação soturna das ruas, os bondes rumorosos, a magia das mesas de bilhar, a movimentação no espaço onde o vício se acomoda e a sobrevivência depende de uma lei espúria do mais apto. No caso, do mais apto em sinuca, em torno da qual se desenham uma técnica, uma ética e até uma estética, formando um modo de existir que é principalmente um modo de subsistir. Os três parceiros Malagueta, Perus e Bacanaço representam um tipo de vida graças ao qual o escritor transfigura a noite paulistana e, invertendo os sinais, faz da transgressão um instrumento que nos humaniza.

Prolongando a tradição estilística que remonta a Émile Zola, João Antônio inventou uma espécie de uniformização da escrita, de tal maneira que tanto o narrador quanto os personagens, ou seja, tanto os momentos de estilo indireto quanto os de estilo direto, parecem brotar juntos da mesma fonte. Aqui não há, com efeito, um narrador culto que reserva para si o privilégio da linguagem de outra esfera através da imitação de sua linguagem irregular, que serve para manter a distância. Longe disso, narrador e personagem se fundem, nos seus contos, pela unificação do estilo, que forma um lençol homogêneo e com isso define o mundo próprio a que aludi. Não se trata, portanto, de mais um autor que usa como pitoresco, como coisa exterior a si próprio, a fala peculiar dos incultos. Trata-se de um narrador culto que usa a sua cultura para diminuir as distâncias, irmanando a sua voz à dos marginais que povoam a noite cheia de angústia e transgressão, numa cidade documentariamente real, e que no entanto ganha uma segunda natureza no reino da transfiguração criadora.

Uma das coisas mais importantes da ficção literária é a possibilidade de "dar voz", de mostrar em pé de igualdade os indivíduos de todas as classes e grupos, permitindo aos excluídos exprimirem o teor da sua humanidade, que de outro modo não poderia ser verificada. Isso é possível quando o escritor, como João Antônio, sabe esposar a intimidade, a essência daqueles que a sociedade marginaliza, pois ele faz com que existam, acima de sua triste realidade. Nos contos deste livro, mas sobretudo nos finais, ele é um verdadeiro descobridor, ao desvendar o drama dos deserdados que fervilham no submundo; dos que vivem das lambujens da vida e ele traz com a força da sua arte ao nível da nossa consciência, isto é, a consciência dos que estão do lado favorável, o lado dos que excluem. Sob este aspecto, João Antônio faz para as esferas malditas da sociedade urbana o que Guimarães Rosa fez para o mundo do sertão, isto é, elabora uma linguagem que parece brotar espontaneamente do meio em que é usada, mas na verdade se torna língua geral dos homens, por ser fruto de uma estilização eficiente.

No conto final a narrativa é particularmente áspera, magra, entrecortada, criando desde logo o sentimento de que estamos presentes na ação, enquanto a noite escoa, vem a madrugada, a manhã rompe e os projetos dos três malandros fracassam de maneira pungente. Pela força da escrita, o peso humano e a coragem de mostrar as entranhas da cidade, este conto pode ser considerado um dos mais altos da nossa literatura contemporânea, ao representar com tanta maestria "o jogo triste da vida".

De Malagueta, de Perus e de Bacanaço*

João Antônio

Sobre o meu nome se poderão ouvir as melhores e as piores coisas. Jamais acreditem. Uns costumam dizer – "Não presta". Outros – "É uma boa pessoa". Ainda há aqueles que dizem que escrevo bem. Estejam tranqüilos, que esses três tipos são inofensivos como passarinhos. Apenas boa gente que fala demais. Agora, há um grupo que se expressa – "É um belo rapaz". Quanto a esses eu lhes recomendo à boca pequena – "Muito cuidado!". Ali estão os que fazem elogio tontamente e traição cruamente.

Para começo direi que temo o julgamento desta conversa deste aqui. Provavelmente, dirão que estou fazendo pose e armando uma presepada bruta para entretê-los e, o meu livro aparecido, encontre nas prosas moles aqui expostas um veículo que os levará às livrarias.

Seria porco da parte deste aqui. E, em literatura, ainda jogo o jogo limpo, tenho me agüentado na posição que adotei. Escrever

* Escrito em 1963, este texto foi publicado pela primeira vez na terceira edição do livro: *Malagueta, Perus e Bacanaço* [São Paulo: Círculo do Livro, 1980].

é um ato de coragem e humildade. Não estou, pois, para truques.

Malagueta, Perus e Bacanaço é a minha coletânea de contos à qual a União Brasileira de Escritores deu o prêmio Fábio Prado, a Câmara Brasileira do Livro deu dois prêmios Jabutis (Revelação de Autor e Melhor Livro de Contos do Ano) e que o editor Ênio Silveira, da Civilização Brasileira, publica este ano. Livro de estréia. Estava pronto em 12 de agosto de 1960, data em que veio um incêndio, queimou minha casa, lambeu tudo. Fiquei sem roupas, sem casa, sem livro.

Naquela casa, naquele meu quarto, eu trazia guardadas as coisas que me acompanhavam desde os cinco anos de idade. Eu não escrevia em outro lugar que não fosse o meu quarto porque fora dele eu não sabia escrever. A vida foi me dando porradas, me dando, até que aprendi a escrever em qualquer canto. Sem precisar de casa ou de quarto. Qualquer boteco é lugar para escrever quando se carrega a gana de transmitir. Gana é um fato sério que dá convicção.

Poderia falar de todos os contos do livro. Citar que quase todos ganharam prêmios aqui e ali, além. Cada um tem sua história. Prefiro a de um.

"Malagueta, Perus e Bacanaço" é o último do livro e conta as andanças aluadas e cinzentas de três vagabundos, malandros, viradores numa noite paulistana. Quebrados, quebradinhos, sem eira nem beira, partem da Lapa. Há esperança. Arrumariam dinheiro, virariam a cidade. Andam, jogam, caem, levantam, reviram subúrbios, de novo tropicam, ganham, perdem, desforram. Lapa, Água

Branca, Barra Funda, Cidade, Pinheiros, Lapa. Como terminam é como terminam. Murchos, sonados, pedindo três cafés fiados.

No trajeto comprido da noite e da madrugada eu os sofro e sofro a cidade. Vou contando nas quarenta páginas, conduzindo-os e explicando-os nas marchas em que vão. Porque vão em muitos ritmos de marcha. O que se passa com eles e dentro deles, o que se passa na cidade é o que este aqui quis contar.

Um velho, um rapazola, um rufião maduro são os respectivos Malagueta, Perus e Bacanaço. Uni-los e conluiá-los foi armar a façanha diária de muitos malandros dos muitos lados de São Paulo. Não é uma aventura especial, épica, o que enganosamente poderá aparentar. É o cotidiano da malandragem cinzenta de sinuca e suas decorrências. Mexem-se proxenetas, prostitutas, surrupiadores de carteira, carros de polícia, vadios, homossexuais, donos de botecos, operários, esmoleiros... Ambientes do joguinho. Até Carne Frita aparece, espécie de rei, maior taco do Brasil, figura verídica. Utilizo linguagem deles, jeitos, códigos, vou até a sintaxe malandra. Gíria. Gíria é bom para espíritos intensos, de vulcânica agitação e sublime vibração. Devo advertir que os fiz amorosamente e certos exageros há, é claro. Vejam, a dedicatória é para Carne Frita e a epígrafe é uma definição de Bola Livre, um vagabundo da Lapa-de-Baixo.

Tudo o que tenho feito em minha vida apenas tem me dado noções da minha precariedade. Um sentimento de falência, certo nojo pela condição dos homens e até ternura, às vezes; quase sempre – pena.

Mesmo nas etapas das quais saio vitorioso, nunca se afasta o gosto da frustração. Competir para mim é imoral, portanto: profissional, amorosa, familiarmente, meus acontecimentos não têm me preenchido nada. De transitoriedade e de insuficiência têm-me sido essas coisas do amor, da profissão e da família. A verdade é que eu não consigo comunicação. Nem o exterior comigo. Eu não aprendo a aceitar nada pela metade. E é este sentimento de culpa que me fica.

Agarrei-me à literatura aos onze anos. Neste amor já houve longos espaços de paixão maluca e houve esmorecimentos explicáveis, que eu, com estes meus arrebatamentos só apronto confusão. E levo tanta aflição por dentro.

Mas é o amor de sempre. E vou caprichando que, afinal, a literatura é a minha única terapêutica.

A alquimia literária me esgota. Qualquer página me custa, a mim, que para outras redações tenho facilidade. Escrever é outra dimensão e é a única comunicação de verdade com o mundo, porque falando com pessoas eu não me consigo transmitir. E quando tento...

Para reescrever *Malagueta, Perus e Bacanaço* empreguei quase dois anos, que não tinha quarto e quase nem casa. Rodei pensões, bibliotecas, apartamentos de amigos, quartos mesquinhos de hotel; enquanto, durante o dia, trabalhava em escritórios de mil coisas para remendar dívidas e empenhos familiares. Aproveitei intervalos, sacrifiquei domingos, mandei amigos andarem, desertei de muitas coisas. Gramei sobre o papel, o livro veio vindo, vindo e está aí.

Mas tenho esperanças. Tenho levado castigos mas tenho esperanças. Um malandro, meu amigo, dizia:

– A gente cai, a gente levanta, na queda já se aprendeu. Pode ser que ali na esquina a gente dê sorte.

Parece-me que tenho uma das mais puras bossas para a malandragem, entre as muitas que vi. Mas nunca vi ninguém com tanta vocação de otário.

Logo, minha vida é um trapézio. Mas a minha responsabilidade é grande – eu não tenho rede que amenize as quedas.

Para mim, certas fugas não valem. Os porres resolvem o problema do dono do bar. E certos vícios, com autenticidade, são até virtude.

Não declinarei número de sapato, nem de colarinho, peso e derivantes porque realmente não sei.

Não quero detalhar minhas amizades malandras, que isto não é novela. E tem mais duas propriedades – não sou besta e nem delator. Mas foi lá. Nas beiradas das estações, nos salões do joguinho, nos goles dos botecos, que vi Malagueta, Perus e Bacanaço.

São Paulo, Boca do Lixo, janeiro de 1963.

Sumário

Contos gerais

Caserna

Sinuca

Para Afonso Henriques de Lima Barreto,
pioneiro, e Paulo Rónai,
Mário da Silva Brito e
Daniel Pedro de Andrade Ferreira
– meu filho.

Contos gerais

Busca

–Vicente, olha a galinha na rua!

Abri o portão, a galinha para dentro. Mamãe tinha o avental molhado do tanque. Um balde pesava no braço carnudo.

– Deixa qu'eu levo.

Derramei, fiquei olhando a água no cimento. Aquilo estava era precisando duma escova forte. Começo de limo nas paredes. Sujeira. Quando voltasse daria um jeito no tanque. As manchas verdes sumiriam.

–Vai sair já? Espera o sol descer um pouco.

Que sol, que nada... Queria sair. Um domingo tão chato! Depois do almoço as coisas ficam paradas, sem graça. Mamãe não precisava lavar roupa aos domingos. Eu lhe digo. Bobagem. Ela nem responde, os olhos no chão. Bota um sorriso na boca, agradecendo, como se eu estivesse elogiando.

Andando. Um ar quente me batendo na cara. Daniel me havia convidado para futebol na televisão, havia também Lídia... Por que diabo essa menina cismou comigo? Vive de olhadelas, risinho, convite para festa de casamento. Pequenina, jeitosa. Mamãe e ela se dão muito. Lá com suas costuras e arrumações caseiras. Eu não quero é nada.

– Ela é direitinha, Vicente.

Os amigos observam.

Atravessei a ponte. Tinha trocados no bolso, me enfiaria num trem, acabaria na estação Júlio Prestes. Daniel com a televisão e Lídia com costuras... Eu queria andar.

Desde que papai morreu, esta mania. Andar. Quando venho

do serviço, num domingo, férias, a vontade aparece. O velho, quando vivo, fazia passeios a Santos, uma porção de coisas. Bom. A gente se divertia, a semana começava menos pesada, menos comprida, não sei. Às vezes, penso que poderia recomeçar os passeios.

– Que horas tem trem pra São Paulo?

Meia hora não esperaria. Fui caminhando para a Lapa. Mesmo a pé. Os lados da City, tão diferentes, me davam uma tristeza leve. Essa que sinto quando como pouco, não bebo, ouço música. Ou fico analisando as letras dos antigos sambas tristes – dores de cotovelo, promessa, saudade... Essas coisas.

Garotas novinhas, calças compridas, passaram-me em bicicletas. Bochorno. Tudo parado, morto. Se eu fosse à casa de Luís, na Lapa, beberia café. Vive me convidando. Sujeito diferente. Meteu-se com estudos à noite, esforça-se. Lá na oficina me fazem uma adulação nojenta, porque sou chefe da solda. Ora, desde menino nesta ocupação, é claro que entendo da coisa. Por isso certos fulanos se encostam, agrados para pedir isto e aquilo. Mas Luís é ótimo, não adula. Só abre a boca para coisa aproveitável. Se os tipos que me fazem adulação soubessem como são parecidos com cachorro quando quer comida...

O meu sapato novo estava começando a se empoeirar.

Entrei por uma rua que não conhecia. Olhava para tudo. Jardins, flores, mangueiras esquecidas na grama, gente de pijama estendida nas espreguiçadeiras. A bola de borracha subia e descia no muro. Um menino veio. O que eu adoro nesses meninos são os cabelos despenteados. Chutei-lhe a bola, que ela corria para mim. Transpirava, botou a mão no ar agradecendo.

– Legal.

Ele disparou, vermelho de sol.

– Desta vez ele vai!

Girei para a esquerda, soltei o direto. Caprichava tanto, tanta certeza eu tinha. Aquele mulato não agüentaria mais um *round*.

Um sujeito lá embaixo:

– Desta vez ele vai!

O mulato defendeu, deu uma gingada, ganhou a brecha. Largou o braço. Que técnica! Quem é que poderia esperar aquilo?

Golpe, dor, choque, sangue, escuridão, zoeira, lona. Cara na lona, eu jamais esqueceria! Doze disputas perdidas, tudo perdido. Escuridão, zoeira nos ouvidos, o barulho dos caras lá embaixo. Fossem para a casa do diabo. Não enxergava nada. Provavelmente a mão do juiz subia. E desceu todas as vezes. Eu não vi nada.

Quinze dias depois voltei aos treinos. Sem ânimo, a moral lá embaixo. Freitas, que me preparou desde menino, me iludia:

– Que nada! Você chegou à décima segunda sem perder. Isto é raro. Quem sabe para o ano...

E o mesmo Freitas, alguns meses depois:

– Não pode, Vicente. Com esse negócio no fígado, não pode.

– Eu não opero. Bobagem, Freitas. Isto não impede.

– Então...

Não continuei. Deixei o ringue, larguei uma vontade que trazia desde moleque e que era tudo. Campo do Nacional, treinos à noite, o ótimo Freitas, a turma, campeonato amador... Minha vida sem aquilo acabaria. Eu estava naquilo desde moleque, não podia deixar. Minha teima durou uma semana... Ou menos. Que me operassem, fizessem o diabo! Deixar o boxe, não.

Operado. Asneira. Tudo dando para trás – o campeonato amador chegou e me encontrou convalescendo. Quebradeira, recaída atrapalhada, meses de cama, uma despesa enorme. Eu me olhava no espelho e parecia estar diante duma devastação. E depois ouvir dizer que não voltaria ao ringue...

Ah, no tempo de rapaz, quando no Nacional! Eu era outra pessoa.

Será que aquele médico percebeu o que estava dizendo?

Luís ficou muito contente. Jamais pensei que ele tivesse casa tão bem disposta. Capricho nas paredes, tinhorões no jardim. Em seu quarto, mostrou-me livros, entusiasmou-se com uns desenhos sobre a prancheta. Disse-lhe sem sentir, olhando linhas em nanquim preto:

–Você deve continuar. Desenho arquitetônico dá dinheiro, rapaz – lembrei-me de Freitas naquela hora.

Chateza na tarde. Ia para os lados do Piqueri. Havia bebericado conhaque num boteco, jogado uma partida de bilhar com

Luís. Fingira atenção nas tacadas, um capricho que não é meu. Sorrira, pegara no giz, insinuara apostas. Mas por dentro estava era triste, oco, ânsia de encontrar alguma coisa. Não parede verde de tinhorões e trepadeiras, nem bola sete difícil, nem Lídia, nem...

Tempo-será das crianças no jardim público. Sentei-me num banco, cigarros se sucediam. Uma porção de lembranças – tempo de quartel, maluqueiras, farras, porres. Boxe, boxe! Uma frase qualquer me veio na tarde. Ouvida na oficina, na casa de Luís, não a localizava precisa, nem onde. Só sabia que falava nos primeiros cabelos brancos que tenho. Acima da costeleta, apontam incisivos; provavelmente não demorarão em pintar tudo de branco. Uma criança passou-me, deu-me um tapinha no joelho. Achei graça naquilo, sorri, tive vontade de brincar com ela. Ficamos nos namorando com os olhos. Ela se chegou, conversamos. Perguntei essas coisas que se perguntam às crianças. Em que ano do grupo está, quantos anos tem, gosta daquilo, disto... O sorveteiro com o carrinho amarelo. Paguei-lhe um sorvete de palito, e ficamos eu e a menina até os aventais muito brancos da empregada surgirem na praça.

Andando tão devagar. Procurava alguma coisa na tarde. O vento esfriou. Não sabia bem o que, era um vazio tremendo. Mas estava procurando. Os ônibus passavam carregando gente que volta do cinema. Para essa gente de subúrbio mesquinho, semana brava suada nas filas, nas conduções cheias, difíceis, cinema à tarde, pelo domingo, é grande coisa. Viaja-se encolhido, apertado. Os ônibus se enchem.

– Essas vilas por aí são umas misérias.

Tocava para a casa. Lídia e mamãe lá estariam às voltas com costuras, receitas disso e daquilo, lá sei. Daniel iria reclamar, dizer como diz sempre que sou um sujeito que vive na lua.

Domingo chato, mole, balofo, parecia estar gestando alguma coisa. Uma idéia extravagante:

– Preciso cortar à escovinha. Assim escondo os começos de cabelo branco...

Chegaria em casa, beijo na testa da mamãe, cumprimentos para Lídia. Ela repetiria o jogo – indiretas, risinho, interesse, por que não faço isso, por que não gosto de... Mas o vazio não passaria. Comer alguma coisa, botar o paletó. Andar de novo.

Na rua de pedregulho mal socado o sapato novo subia, descia. Sem pressa, mole. A garotinha do jardim público poderia ser filha minha. Este pensamento agradou-me, jogou-me uma ternura. Cortar à escovinha, que idéia! Lídia maneira, pequenina, talvez desse boa mulher. Pensei com raiva nos sujeitos que me bajulam na oficina. Tontos! A prática que tenho, terão também se quiserem. Mas ficam é com amabilidades falsas, favores bobos – "tenha a bondade", "Vicente, só você pode resolver". Murmurei entre os dentes:

– Ora, fossem plantar batatas...

Julguei muito necessário recomeçar os passeios a Santos, a Campinas... Eu e mamãe. Talvez as semanas começassem melhores, menos compridas. Segunda-feira, não parecendo já o cansaço de quarta...

Agora o sol descendo por completo. Uma lua em potencial, lá em cima, ganhava tons, parecia uma bola de ocre. Enorme, linda. Meus olhos divisavam no fundo de tudo o Jaraguá, mancha grande meio preta, meio azul... Meus olhos não precisavam. Era a hora em que as coisas começavam a procurar cor para a noite.

Lembrei-me de que precisava passar uma escova no tanque.

Afinação da arte
de chutar tampinhas

Hoje meio barrigudo.

Mas já fui moleque muito bom centro-médio. Pelo menos Biluca assegurava que eu era. E nunca peguei cerca nos quatro anos de U.M.P.A. – queria dizer: União dos Moços de Presidente Altino. A voz de Biluca mandava, porque era técnico e dono das camisas. Se era técnico de verdade, não sei. Sei que as camisas eram suas, e sem elas não havia jogo. Mas a família se mudou, o ginásio chegou e a presunção de bom centro-médio foi-se embora.

Na Mooca, agora, eu via os moleques do Caióvas F.C. Papai vivia me apertando na escola. Era o único jeito, porque não estudaria de outro. Eu via os moleques e não podia jogar.

À boca da noite os grilos e os sapos já cantavam nas poças do campo da U.M.P.A. Depois da janta, cada um vinha do seu lado e a gente se juntava na sede. Então, folgados, fumávamos à vontade e contávamos coisas. Havia certo ar de homem na gente enquanto fumávamos. Sérios nas calças curtas, o dedo batendo no cigarro, a cinza caindo no chão. Contávamos coisas, vantagens.

– Pois é. Eu bem podia ter quebrado aquele cara. Eu é que não quis.

Não que Biluca tivesse ódio do cara, não tinha raiva de ninguém, longe de ter raiva. É que falava de um jogo que perdêramos.

Ali pelas oito horas a vontade já crescia. Os mais velhos iam ajeitando as coisas, Biluca no seu cavaquinho, eu repicava na frigideira. Havia um surdo que um sujeito da Força Pública tocava (ele também era bom no pandeiro). As vozes se chegavam, se uniam e a gente batucava com vontade.

Naquelas noites da U.M.P.A., na pequena sede que era só um quartinho, alugado com dificuldades, a mensalidade pingada de cada um... Naquelas noites me surgia uma tristeza leve, uma ternura, um não sei quê, como talvez dissesse Noel... Eu estava ali, em grupo, mas por dentro estava era sozinho, me isolava de tudo. Era um sentimento novo que me pegava, me embalava. Eu nunca disse a ninguém, que não me parecia coisa máscula, dura, de homem. Não os costumes que a turma queria. Mas eu moleque gostava, era como se uma pessoa muito boa estivesse comigo, me acarinhando. As letras dos grandes sambas falavam de dores que eu apenas imaginava, mas deixava-me embalar, sentia.

Aos pés da santa cruz
Você se ajoelhou,
E em nome de Jesus
Um grande amor você jurou...

E depois, só depois, Noel nas noites de várzea. Pareceu-me engraçado que uma música tivesse dono, fosse feita por uma pessoa. Necessário também que eu diga – a primeira atração pelo sambista me nasceu dum fato obscuro. Para mim, Noel nem era nome de gente, Noel era nome de coisa, apenas cabia como nome de Papai Noel... E para mim, Papai Noel era coisa e não pessoa. Papai Noel, Saci, São Jorge montado no cavalo eram coisas, pessoas não.

Aos domingos a gente trepava num caminhão e ia jogar noutras vilas. Havia batucada na ida e na volta. Ou melhor, às vezes, voltávamos de cabeça baixa, maldizendo juiz, campo que a gente não conhecia, tudo para justificar a derrota.

Por esse tempo, comecei a prestar atenção nas letras dos sambas, e vi, mesmo sem entender, que o tamanho de Noel era outro, diferente, maior, tocante, não sei. Havia uma tristeza, uma coisa que eu ouvia e não duvidava que fosse verdade, que houvesse acontecido. O gosto aumentou, eu fui entendendo as letras, apanhando as delicadezas do ritmo que me envolvia. Hoje, quando a melodia me chega na voz mulata do disco, volta a tristeza de menino e os pêlos pretos do braço se arrepiam.

Sobraram restos de memória dos jogos suados na U.M.P.A.

Rememoro-me, por exemplo, a marcar o maior gol decente da vida. Talvez o único realmente. Desenvolvido com estilo, cabeçada firme, resultado bom dum centro inteligente do ponta. Dando tudo certo. Goleiro estatelado no centro da meta. Sem entender nada. Eu me envergonhei porque Aldônia estava comendo pipocas do lado de lá do campo. E viu tudo. (Aldônia era uma espécie desajeitada de namoro que eu andava engendrando.) Deu em nada – um dia, ela me pilhou fumando escondido, na maior folga, perfeitamente um macaco trepado num abacateiro.

Contou. Danada! Em casa me bateram porque ela contou. Raiva – escrevi-lhe num bilhete palavrões infamantes, muito piores do que aqueles que escrevíamos nos armários do vestiário da U.M.P.A. "Sua isso, sua aquilo." Tolice enorme. Surra dobrada, em casa. Papai me esperando com o bilhete na mão. A diaba contava tudo porque sabia que eu apanhava mesmo. Aquilo já era me fazer de palhaço.

– Não fala mais comigo.

Engraçado – Aldônia até hoje não presta.

Quartel.

Nem me deixaram pensar em jogo de bola. Jiu-jitsu. E eu que sempre gostei duma pelota... Os cobras queriam-me de quimono, aproveitando-me o pouco que sabia da luta.

O comandante com dois filhos. Dois moleques mimados, manias de mandar na gente. Mais chatos do que essas musiquinhas que andam por aí no rádio. Gemedeira irritante, sem motivo, nem ritmo, nem nada!

E eu aturando onze meses os filhinhos do comandante.

– Sim senhor, seu capitão.

Porque, segundo ele, os garotos tinham irrefreável aptidão para lutas. De acordo com o homem, eram gênios em tudo o que faziam.

Para mim, o comandante era bom. Eu não tinha queixa. Favores, dispensas, o homem me dava um fio de liberdade. Porém, um defeito sem remédio. Eu nunca rasguei o verbo. Senão, cafua. O mal maior do capitão era não reconhecer a verdadeira vocação dos garotos – plantar batatas... Na horta do pai, ou onde bem entendessem. Para jiu-jitsu, garanto que não haviam nascido.

Há algum tempo venho afinando certa mania. Nos começos chutava tudo o que achava. A vontade era chutar. Um pedaço de papel, uma ponta de cigarro, outro pedaço de papel. Qualquer mancha na calçada me fazia vir trabalhando o arremesso com os pés. Depois não eram mais papéis, rolhas, caixas de fósforos. Não sei quando começou em mim o gosto sutil. Somente sei que começou. E vou tratando de trabalhá-lo, valorizando a simplicidade dos movimentos, beleza que procuro tirar dos pormenores mais corriqueiros da minha arte se afinando.

Chutar tampinhas que encontro no caminho. É só ver tampinha. Posso diferenciar ao longe que tampinha é aquela ou aquela outra. Qual a marca (se estiver de cortiça para baixo) e qual a força que devo empregar no chute. Dou uma gingada, e quase já controlei tudo. Vou me chegando, a vontade crescendo, os pés crescendo para a tampinha, não quero chute vagabundo. Errei muitos, ainda erro. É plenamente aceitável a idéia de que para acertar, necessário pequenas erradas. Mas é muito desagradável, o entusiasmo desaparecer antes do chute. Sem graça.

Meu irmão, tipo sério, responsabilidades. Ele, a camisa; eu, o avesso. Meio burguês, metido a sensato. Noivo...

– Você é um largado. Onde se viu essa, agora!

É que eu, às vezes, interrompo conversas na calçada para os meus chutes.

Só um sujeito como eu, homem se atilando naquilo que faz, pode avaliar um chute digno para determinadas tampinhas. Porque como as coisas, as tampinhas são desiguais. Para algumas que vêm nas garrafas de água mineral, reservo carinho. Cuidado particular, jeito. É doce chutá-las bem baixo, para subirem e demorarem no ar. Ou de lado, quase com o peito do pé, atingindo de chapa. Sobem. Não demoram muito, que ainda não sou um grande chutador. Mas capricho, porque elas merecem.

Minhas tampinhas... Umas belezas.

Descobri com encanto que meus sapatos de borracha se prestam melhor para apurar minha tarefa. Doce e difícil tarefa de chutar tampinhas. Realmente. A tampinha parece nem sentir. Vai até o outro lado da rua com alguma facilidade. Está claro que na razão direta da propulsão dos chutes. A borracha apenas toca o cimento, a tampinha desliza, vai embora. Necessário equilibrar a força dos pés.

Mas quem se entrega a criar vive descobrindo. Descobri o muito gostoso "plac-plac" dos meus sapatos de saltos de couro, nas tardes e nas madrugadas que varo, zanzando, devagar. Esta minha cidade a que minha vila pertence, guarda homens e mulheres que, à pressa, correm para viver, pra baixo e pra cima, semanas bravas. Sábados à tarde e domingos inteirinhos – cidade se despovoa. Todos correm para os lados, para os longes da cidade. São horas, então, do meu "plac-plac". Fica outra a minha cidade! Não posso falar dos meus sapatos de saltos de couro... Nas minhas andanças é que sei! Só eles constatam, em solidão, que somente há crianças, há pássaros e há árvores pelas tardes de sábados e domingos, nesta minha cidade.

Agora me lembro – minhas favoritas vêm acima do gargalo das garrafas de água mineral marca Prata. Em vermelho e branco. A cortiça coberta por uma espécie de papel impermeável e branco e brilhante. O que mais as valoriza é a cortiça forrada. Harmoniosas e originais. Muito jeitosas.

Para elas diligencio firmeza, apuro. Às vezes, encontrando-as por circunstância na rua, eu as guardo no bolso do paletó, para aproveitá-las mais tarde. Porque só os sapatos de borracha são dignos de minhas favoritas. E mesmo calçando-os, fico estudando os chutes. Necessário valorizá-las como merecem, ir trabalhando os pontapés com cautela, até que a borracha se aproxime de leve e atinja a tampinha e a faça subir, voar, pequenas distâncias atravessando na noite. Só o barulho da borracha no chute e depois o barulho da tampinha aterrisando. E um depois do outro, os dois se procuram, os dois se encontram, se juntam os dois, se prendem, se integram, amorosamente. É preciso sentir a beleza de uma tampinha na noite, estirada na calçada. Sem o que, impossível entender meu trabalho.

Às tampinhas comuns não ligo. Ordinárias, aparecem à toa, à toa. Vadias da calçada. Não as abandono, porém. Sirvo-me delas para experimentos, estado rude dos meus chutes em potencial. Porque desenvolvo variações, aprendo descobrindo chutes, chaleiras, usando o calcanhar, os lados dos pés. Com o direito, com o esquerdo, meio de lado... Tentativas.

Consigo, por exemplo, embocá-las nos bueiros da rua. Se é impossível trabalhar na calçada, passo para o asfalto e fico a chutar. Muito bom pela madrugada, quando os carros são poucos e a luz dos postes se atira sobre as tampinhas no asfalto.

Muito injusto esquecer-me de que as de cerveja preta são interessantes. Igualmente. Não posso desprezá-las. Elas com seus símbolos no meio. Uma cabeça de bovino ou muar. Também me dedico com simpatia às de cerveja preta. Provavelmente porque me lembram serões, almoços improvisados, trechos duros da vida.

Havia no quartel uma caixa delas. Reservadas para sargentos do dia. Cada um tinha direito a uma. Na geladeira do aprovisionamento sempre havia. Difícil cavar cerveja preta. O comandante me encarregou de tomar conta do aprovisionamento, ajudando o sargento Cunha. Pagar o mantimento ao pessoal do rancho. Boa vida. Meu lugar bem que era outro, lá na secretaria. Datilografando, esquentando a cabeça com números e preços na máquina de calcular. Mas eu ensinava jiu-jitsu aos filhos do comandante, era peixe... As cervejas pretas eram inacessíveis. Todos queriam. Os homens viviam de olho naquilo.

– Se sumir, desconta-se na folha de pagamento.

Na minha folha de pagamento, é claro. Ordem de não sei quem.

Eu não era tão trouxa nem tão caxias. Guiava, saía com o caminhão, apareciam virações.

–Você não é praça? Se vira.

Eu me defendia de acordo. Pois um dia, o sargento Cunha esqueceu-se de uma caixa no relatório. Ficavam cópias do relatório dentro do armário. Espiá-las. Era a primeira coisa que eu fazia no começo de cada mês. Às vezes, sobrava alguma coisa que faltava no relatório... Eu me ria.

– O sargento não é santo.

E quem é santo?

Disputa brava, então. Porque o homem percebia as minhas olhadelas no relatório. Um tapeando o outro, se escondendo. Faca de dois gumes.

– Fulano, você não viu uma lata de marmelada?

– Não senhor. Este mês não veio marmelada.

– Ah...

Agora, com as cervejas pretas foi sopa. Os sacos de cebolas, que fui buscar à subsistência, eram ralos e muito fáceis de costurar-se. Uma canja. Fiz o contrário em dois deles, escondi doze garrafas. Pequeninas, sumidas entre cebolas, quem poderia dar pela coisa? Espumavam, pretas, gostosas. Ia bebericando uma hoje, outra amanhã. E dando sumiço nas vazias.

–Você não é praça? Se vira.

Eu me defendia.

Memória triste – um dia me pilharam jogando vinte-e-um no picadeiro, onde se guardavam caminhões e outras viaturas.

Três homens do rancho e eu no quente do jogo. Cafua. Perfeitamente naquele dia houve uma inflamação num dente do comandante...

– Cambada de folgados!

Cadeia. Não perdoou ninguém.

Arranjei umas escritas à noite, para defender uns cobres extras. O emprego dá pouco. Perto de casa, um escritório de contabilidade. Meu irmão:

– É, já era hora de tomar juízo.

Meu irmão só pensa em seriedade.

Cá no bairro minha fama andava péssima. Aluado, farrista, uma porção de coisas que sou e que não sou. Depois que arrumei ocupação à noite, há senhoras mães de família que já me cumprimentam. Às vezes, aparecem nos rostos sorrisos de confiança. Acham, sem dúvida, que estou melhorando.

– Bom rapaz. Bom rapaz.

Como se isto estivesse me interessando...

Faço serão, fico até tarde. Números, carimbos, coisas chatas. Dez, onze horas. De quando em vez levo cerveja preta e levo Huxley. (Li duas vezes o *Contraponto* e leio sempre). Não parei na várzea da U.M.P.A., nas lições de distribuição de passes e centros que Biluca me dava.

Deixando o escritório. A madrugada costuma enegrecer tudo. Casas e homens. Só as minhas tampinhas reluzem na calçada. *Contraponto* debaixo de um braço. Garrafa vazia de cerveja preta no outro. Assobiando, mãos nos bolsos.

Mamãe costuma dizer que eu não sou dos mais feios. Bem – veio morar cá no bairro uma professorinha solteira, muito chata. Rapazes lhe dão em cima por causa de um dote, ou de coisa parecida. Não sei. A vida dos outros nunca me interessou. Nem a dela, embora viva me provocando. Quer casamento, com certeza. Olho para a mulher, para os modos, para o anel... Quer casamento. Eu não.

Dias desses, no lotação. A tal estava a meu lado querendo prosa. Tentava, uma olhadela, nos cantos os olhos se mexendo. Um enorme anel de grau no dedo. Ostentação boba, é moça como qualquer outra. Igualzinha às outras, sem diferença. E eu me casar com um troço daquele?... Parece-me que procurava conversa, por causa dum Huxley que viu repousando nos meus joelhos. Eu, Huxley e tampinhas somos coincidências. Que se encontraram e que se dão bem. Perguntou o que eu fazia na vida. A pergunta veio com jeito, boas palavras, delicada, talvez não querendo ofender o silêncio em que eu me fechava. Quase respondi...

– Olhe: sou um cara que trabalha muito mal. Assobia sambas de Noel com alguma bossa. Agora, minha especialidade, meu gosto, meu jeito mesmo, é chutar tampinhas da rua. Não conheço chutador mais fino.

Mas não sei. A voz mulata no disco me fala de coisas sutis e corriqueiras. De vez em quando um amor que morre sem recado, sem bilhete. Ciúme, queixa. Sutis e corriqueiras. Ou a cadência dos versos que exaltam um céu cinzento, uma luva, um carro de praça... Se ouço um samba de Noel... Muito difícil dizer, por exemplo, o que é mais bonito – o "Feitio de Oração" ou as minhas tampinhas.

Fujie

Nem tu mulher, ser vegetal, dona do abismo, que
queres como as plantas, imovelmente e nunca saciada.
Tu que carregas no meio de ti
o vórtice supremo da paixão.

O dia da Criação, VINICIUS DE MORAIS

Alteração na vida. Meus olhos tristes.

Para mim, moleque da Penha, um dos amigos de meu pai largou aquele entusiasmo:

– Este menino é um touro. Se eu fosse você, Antônio, botava ele num esporte.

E Antônio, meu pai, adorava lutas. Comprou-me quimono, me levou ao barbeiro que eu andava cabeludo que nem urso, me enfiou umas idéias na cabeça de moleque, me carregou para a academia de judô. Tombos tremendos. Suei feito boi ladrão. Dolorido, quebrado. Moleque, botei a boca no mundo numa revolta danada. O tal judô não me servia. Desistiria.

– Que nada! Desistir nada! É só para você não ficar mole.

Íamos às provas lá no Pacaembu, na Lapa, na academia da rua Quintino Bocaiúva. Sempre conhecíamos gente nova. Assim, eu achei muito amigo. Entre judocas, camaradagem. Muito bom o convívio com japoneses cá de São Paulo. Sujeitos dóceis, cordatos, bem educados a ponto de parecerem moças. E quem os vê não avalia o que podem na briga...

Academia, disputa, camaradagem, mais coisas. Lá na Liberdade achei o ótimo Toshitaro. Nunca vi ninguém como. Costumo dizer que o sujeito que não se der com Toshitaro não presta. Ou não conhece Toshi.

Eu nunca havia sentido nada pelas coisas do Japão. Levou-me a beber saquê nos restaurantes da Liberdade, mostrou-me cinema. Depois gravuras, depois pinturas, tatuagens. Fui atingindo a dimensão mística de todas aquelas belezas. Percebi, por exemplo, que naquelas mulheres passivas e tímidas e afáveis, mexendo-se dentro de quimonos enormes, quase aos pulinhos, e que o cinema me trazia entre neve e casas do Japão, morava um mundo diferente de sensualidade. Poesia naquelas coisas.

Gostei. Como quem descobre uma maravilha, gostei. Não me arredava daqueles ambientes. Gostei demais. Judô, folclore japonês, depois teatro, fotografia.

Aquilo, sim, meu Deus, era um mundo!

À mesa, papai se admirava com meus entusiasmos. Gostava – rapazola, eu já era faixa vermelha.

Toshitaro, com cinco anos à minha frente, me levava pela mão direita ao judô. Esquecia a condição de faixa preta e o terceiro *dan*, me dava o lado direito na luta. Dava tudo. Sujeito espetacular, enorme no tatame e fora dele. Aprendi mais com Toshi do que com os três professores que já tive. Só me abro mesmo é com meu pai – eu penso que é defeito de criação. Fico gostando de uma coisa e não digo a ninguém. Assim como, quando me encho demasiado com um aborrecimento e a raiva cresce, me tranco num lugar e choro que nem criança. Pois um dia falávamos. Uma patrícia de Toshi nos cumprimentou, passando. Grandiosa!

–Você viu? Parece que suas maçãs do rosto são de pêssego.

Toshitaro ria. Ria.

– E você já sabe tudo o que é bom...

Agora, íntimos. Eu não sei se estou certo – mas dois sujeitos ganham mesmo intimidade, quando entra mulher na história. Vinha à minha casa, ia à casa dele. Amigão. Unha e carne.

Dezesseis anos. O ginásio acabado. A boa vida acabada. Precisava trabalhar. Gente pobre, é isto. Bom. Olhei para a minha perspectiva e vi que minha vida iria se complicar. Que é que eu sabia fazer? Lutar judô, declinar latim com lerdeza, tipar redações, tentar fotografias em dias de sol? Isto e mais outras coisas que não resolveriam nada. Afora... Minha vida se complicaria. À noite, escola – que eu queria continuar estudos. Batente, durante o dia. Por aí, nesses pensamentos, me lembrei de Toshitaro. Que seu pai era fotógrafo. O estúdio de seu Teikam. Toshi duro no tatame, tão bom na vida! Estava empregado. Revelar negativos, ajeitar fotos, aprender a trabalhar com lente e luz, me virar na vida, que diabo!

Promoção para papai nos Correios e Telégrafos, e se negociou um apartamento na Liberdade. Pagaria aos poucos, como toda compra que arranja. Ah, papai e sua conversa...

Para mim, uma sopa. O estúdio de seu Teikam, meu trabalho, a quinze minutos do apartamento. A escola no centro da cidade. E judô onde eu quisesse. Tinha Toshitaro bem perto de mim.

Quatro datas quase coincidentes: a primeira barba, dezoito anos, casamento de Toshi, minha faixa marrom.

Fizeram lua-de-mel numa estação de águas.

Toshitaro casado. Papai engordando. Minha barba crescendo,

pedindo segunda raspagem. Três semanas sem ver Toshi e eu fiquei vazio. Zanzei pelas ruas da Liberdade como um errado. Necessário não se ter alguém, para entender a valia. Uma falta danada. E a Física e a Química na escola, como duas pragas, a exigirem tudo. Dureza.

Começava a compreender que eu me completava em Toshi. Tudo de meu. Uma chapa sem a opinião dele... Passeio sem Toshi, a mesma coisa. Teatro também, sakê também, judô também. Tudo valendo nada.

Voltaram. Dupliquei a amizade. Interrompi economias, e presenteei com o que pude. Toshi, que o casamento não o ausentou de nada! Unha e carne, ainda.

Nossas coisas iam bem.

Por que diabo há de sempre entrar mulher na história?

Meus olhos tristes. Meus olhos já viajam pouco para ela. E cada vez que se arriscam é um estremecimento, atrapalhação sem jeito. Não fiz nada, eu não pedi nada! Eu só queria a camaradagem de Toshi. Será que aquela mulher não entende?

Se vou à varanda do laboratório de revelação. Cada vez que preciso de alguma coisa. Cada vez que me faltam fósforos. É ela que vem. Que me procura à toa, por banalidades. Chega-se, tira-me o cigarro da boca, acende-o e recoloca-o na minha boca. Numa insolência que dá vontade de bater. E quando olho para aquela janela... São os seus olhos que estão me comendo, pedindo.

Medo. Meus olhos viajam pouco.

Aquela mulher vai matar uma amizade de anos, coisa intocável. Como a cara de um homem. Porque eu acabo dando o fora, caindo no mundo, já me chega o que aconteceu. Horrível, esta situação. Não agüento. Será que não está contente com o que tem? Outro Toshi não existe. Tão forte. Bom. Homem se atilando cada vez mais em tudo o que faz. Por que diabo houve de se meter comigo?

E eu que não procurei nada... Está certo que sou maluco por ela. Fujie, ideal de beleza de todas as graças que vejo nas coisas do Japão. Que me surgiu a eclodir como o máximo. É verdade. Entretanto, nunca disse nada, nunca nem ao de leve um gesto inusitado que demonstrasse. Sempre eu a tapar tudo.

O diabo é que vivo agitado, as idéias coladas nela, nos braços, nas ancas, não sei. Impossível desguiar. Olhei para aqueles cabelos, dei com o corpo inteiriço. Desejei. Sonhei. Com os olhos de Fujie, sonhei, com a boca, com Fujie inteira. Disse seu nome lá sei quantas vezes, rabisquei-o em todos os papéis, dez, vinte, um milhão de vezes. Amassei-os. Fiz tudo de novo. Os olhos rasgados me pedindo, me comendo. Quando em quando, ninguém nos vendo, leva minhas mãos a seus peitos para sentir o calor. Beijei seu retrato que eu havia fotografado e chorei que nem moleque!

Primeiro abalo na minha vida. Mas eu não disse nada.

Fujie, Fujie que insiste há meses. Que tenta, que procura, que espera. Eu, tímido, abobalhado. O calor que se emana dos seios me dá vontade... Fazer uma maluqueira à frente de todos. Escorraçando-me das conversas, dos encontros de olhos. Penso no cafajeste que fui. E em Toshi. Minha vontade é não voltar ao estúdio de seu Teikam. Tomar sumiço da Liberdade. Fazer uma asneira tremenda.

Eu vivo é tonto. Fujie me passando bilhetes sorrateiros, quentes ainda de seu seio, escrevendo coisas. A solidão das noites em que Toshitaro vai à academia com o pai, me pedindo, me lacrando de bobo! Sozinhos, mostra-me a língua, numa provocação a que não resisto. Diabo de mulher maluca! Depois, toca-me o braço tão de mansinho. Uma ternura que me agita. Encolho-me, esgueiro-me. Humilhado e pequeno.

Se eu quisesse, lhe diria desaforos tremendos... Mas nunca tive coragem.

Ontem.

Meia hora bobeando sem nexo pela rua Galvão Bueno. Como um zonzo. Matara as aulas, vejam onde cheguei. Olhei para os cartazes do Niterói, entrei. Não suportei o filme dez minutos. Lassidão. Minha cabeça molhada pela chuva. A capa pesava, nos ombros pesava. Enfiei a mão no bolso, adivinhei o bilhete. Um arrojo maluco me passou pela cabeça.

Como um mecanismo vadio, me arrastei lento até a avenida Liberdade. Ajeitei-me num tamborete de bar, pedi conhaque. Fazia muito calor e chovia. Moscas agitavam-se. Mas só havia no ar o corpo de Fujie que eu adoro. Dali eu via o luminoso de seu Teikam e adivinhava o quarto dela. Fumei muito olhando para o luminoso. Bondes que vão para o outro lado da cidade rangiam-me na cabeça. Adoraria estar longe! Dei de cara com um conhecido me ofertando café.

Fechei os olhos. Os seios quentes. Os olhos rasgados me surgiram, tomando conta das moscas e dos bondes e de mim; me ergui pesadamente. Oito horas. Noite tão quente, chata! Fiquei virando um infinito de coisas na cabeça, com angústia. Uma depressão tremenda. Tinha a cabeça molhada, mas suava na testa. Luzes iam, sumiam na avenida. O luminoso de seu Teikam brilhava, se apagava, brilhava. Tive a impressão de que ele sabia o que se passava comigo. Zonzo, caminhei para ele. Ia quase chorando. Os autos me espirravam água da chuva.

Eu a enlacei.

– Nêga, benzinho...

Lá fora, a chuva fazia festa no telhado. No quarto algumas moscas estavam numa agitação irritante. Eu só sabia que estava fazendo uma canalhice. Ia chover mais, ia chover muito. Era chuva que Deus mandava. Eu fazia um esforço para me agarrar à idéia de que não era culpado. Culpada era a avenida, era a noite, era a chuva, era qualquer coisa. Ralhou comigo:

– Eu não sou negra.

– É só carinho que eu estou fazendo.

Chuva lá fora, zoeira de moscas atribuladas. Dentro do quarto, amor.

Caserna

Uma definição:

Soldado é aquilo que fica debaixo
da sola do coturno do sargento.

Retalhos de fome
numa tarde de G.C.

Um pardal brincava no fio telegráfico.

–Tem crivo aí?

O homem do rancho lhe passou o cigarro, um Macedônia meio torto numa ponta. Pediu fósforos.

– Se vira. Acendente eu não tenho.

– Escuta – o coturno meio sem jeito, chutou para longe um mato dos que cresciam entre os paralelepípedos. – Pode arranjar dois?

O outro fez uma careta. O segundo cigarro veio com um xingamento leve.

–Vai marcando, viu?

– Me deve treze.

Estava bom, que fosse treze, quinze, um maço, o diabo! Devendo, devendo. Vinte paus devia para o homem do rancho, no bar a conta subindo, estaria pelos duzentos e poucos, tinha cinco cruzeiros no bolso... E em casa? O que estaria acontecendo em casa, por que não vinha ninguém, agora que estava precisando? Não teria acontecido nada. De casa sempre lhe telefonavam, mandavam alguém avisar quando alguma coisa acontecia.

Agora o pardal mais a fêmea faziam festa no fio. Ivo parou, a mão no cinto de guarnição, ficou olhando. Os pássaros se bicavam, se procuravam. Tila, pensou em Tila, onde andaria? Como a fêmea do pardal, ela também vivia se encostando. Chegando-se aos soldados, pegando no braço de um, de outro. Achou graça nos bichos, a cabeça baixou, se balançou e ele foi subindo a ladeira da cantina, entrou pela alameda central, foi indo, dum lado o campo de futebol, do outro as seções, almoxarifado, garagem, gabinete de comando, tudo novo. Aquilo havia passado por uma reconstrução tremenda. Tudo caiado, branquinho, ainda um cheiro de cal, e o branco das paredes ficava nas gandolas dos soldados que ali se encostavam.

No fim da alameda, o corpo da guarda e o xadrez, e em frente o campo de bocha e o bosque de eucaliptos. Ivo gostava do jogo, adorava, mas agora não queria, era uma fome sem jeito. Os homens jogavam e ele foi se chegando, se encostando, arranjou fósforos.

– Você está de G.C.?

– É.

Havia um jeito de preguiça em tudo. Até lá fora, nos autos que comiam o asfalto da rua Abílio Soares. Duas da tarde, uma sonolência, um sol... Quartel cheio, o bosque cheio. Ivo sentia o vazio na barriga. Não conseguira engolir a bóia, que estava fria. Ainda o azar de cair na terceira turma para o rancho, tudo resto. Mexia o alumínio, mas o feijão não se mexia. Duro, feio, cor de cavalo. Comeu só a banana e parou na colher de arroz; não ia. Pensou nos cobres, um sanduíche de queijo. Alguém da rua traria, um sanduíche de queijo custava sete cruzeiros...

– Se eu arranjasse mais duas pratas...

Pela manhã julgou que tinha febre, moleza no corpo, dor nas costas.

– Deixa de manha!

O enfermeiro era um cavalo.

Ivo andando, andando. Crescia o vazio na barriga, impossível estar quieto, a banana não fora bastante, não havia o sanduíche. Passou pelo xadrez, pela casa da guarda, foi para a garagem velha. Agora só havia o esqueleto da construção. Restos, restos. O portão escancarado, entrou. Não havia onde sentar, sentou-se no chão. Puxou o capacete, o pulso limpou a testa, olhou para o bico do coturno.

No começo do ano, remodelação no quartel. As seções para lugares novos, construções recentes, num estilo atrevido. Modernas pontas agudas, telhados que caíam de uma só vez. Demolições, aproveitaram-se tijolos velhos, uma trabalheira danada, até o xadrez ficou novo. Mas sobrou algum resto, um pouco do almoxarifado e o esqueleto da garagem.

Seus olhos na garagem velha. Areia, cal, cascalhos, alguns tijolos, aqueles tijolos...

– Sabe o nome deste tijolo?

– Não senhor.

–Vão das pernas.

O sargento Isaías, que andava sempre de óculos escuros, explicava que era vão das pernas porque não passava por outro lugar. Pensou no sargento Isaías.

Boa praça, que no tempo das construções dirigia as turmas das obras. Ivo meio quieto e o jeito educado, conseguindo boas coisas do sargento.

– Você tem o ginásio...

Ivo não ficou muito tempo entre cal e tijolos. Foi para a máquina de escrever da cantina, a melhor vida. O sargento dava conselhos quando podia. Quartel era quartel.

– Praça é praça. A ordem é ficar por baixo, que acaba levando a melhor.

O sargento Isaías cumpriu seu estágio na rua Abílio Soares e foi transferido para a 4ª C.R.

E Domício? Pensou em Domício.

No porão da secretaria morava Domício, ex-expedicionário nem velho, nem moço, que pouco falava e tinha uma peitaria larga, um touro nos cabelos crespos e nos antebraços que pareciam filões de pão. Vivia só de sunga e de tamanco e com Ivo se entendia, que os dois eram quietos. Dois faixas.

Os homens do Batalhão Motorizado Anchieta, onde Ivo servia, vinham apostar braço-de-ferro com Domício. Era sobre o balcão de mármore duro e rosado da cantina. De vez em quando um gemia. O outro:

– Agüenta, nêgo!

Domício só apostava uma nota de vinte ou uma cerveja, que devia ser gelada, e os homens jamais ganhavam. Era de pouca conversa, mas então sorria:

– Vou tirar o chapéu desta lora.

Falava lora e não loira. E ia beber a cerveja no porão.

Como Domício fosse quieto e nada alterasse, o comandante lhe pagava para que cuidasse da horta. Ao fundo do quartel ficava a horta, ficava o chiqueiro, ficava também a lagoa, onde carpas enormes nadavam. Ninguém mexia com as carpas, senão era xadrez. Só os homens do rancho é que lhes jogavam pedaços secos de pão.

O comandante adorava as carpas e era um capitão muito gordo (os soldados, à boca pequena, só diziam: "Lá vai o Sapão"), que jogava bocha, que deixava os meninos da rua Abílio Soares jogarem bola no campo do quartel. Ninguém mexesse com os garotos.

Um dia, uma moça bem nova, mulatinha, jeitosa, foi com Domício à horta colher verduras. Tinha o rosto tão liso e suas canelas brilhavam. Eles passaram defronte à cantina e iam os dois sorrindo.

Domício já falava mais, a Itália, o ferimento da perna, já gostava de piadas e vivia assobiando. Às vezes, como o porão fosse encostado à cantina, Ivo erguia os olhos do livro e atentava. Eram coisas antigas e eram coisas alegres, gostosas, que vinham desafinadas no assobio de Domício.

Tila, a mulatinha que morava bem em frente ao campo de futebol, deixou de usar saia justa, que a sua barriga crescera. Alguém contou, o comandante soube, chamou Domício. Domício encostou a sunga e o tamanco, foi mandado para a Lapa fazer pão na subsistência. Ivo sentiu um pouco, eram iguais, o ex-expedicionário era boa praça.

– Não deviam ter engessado Domício.

Tila não tinha pai, não tinha mãe, tinha um tio que lhe batia e não teve solução. Qualquer dinheiro servia, os soldados até abusavam. Ivo não se conformava, aquilo era tocante, ele a achava tão frágil naquele estado, necessário cuidado, tão frágil. Chamou a moça, tentou um conselho.

Ela fez uma careta e ainda teve o cinismo de lhe pedir uma banana das que estavam na prateleira.

A mão parou, Ivo revia Domício com a mala na mão, coisas se agitaram. Domício jogado fora. E ainda zombava! Xingou, berrou, ofendeu, o indicador mostrava os paralelepípedos.

– Não me pisa mais aqui!

Mas uma vez Tila o procurou, convidando. E passava sempre em frente à cantina para lhe mostrar a língua.

Quase meia hora ali, sentado no chão, parado, uma réstia de sol entrava na garagem, ficava uma luz bonita no meio daquela penumbra.

Era uma fome danada, sem meios, deveria ter comido a gororoba.

– Se fosse agora eu comia.

Quando se cai num G.C. ... G.C., Grupo de Combate, a maior chateação. E faltando dez dias para a baixa! Agora é que iria demorar, um mês, mês e meio. Perdendo aulas, perdera duas sabatinas, os professores não queriam desculpas.

O quartel de prontidão, barulho no norte, falava-se em revolução, as trincheiras estavam prontas. Jacareacanga... Era um ponto tão longe e todas as companhias estavam detidas, praça não saía, só saíam os motoristas. Dez homens de G.C., esperando o que desse e viesse.

O segundo cigarro intacto, o pensamento vagabundeando não se fixava. Coisas, coisas, misturas.

– Se fosse agora eu...

Uma voz peralta, fina, cortou aquilo:

– Ei, moralista! Tá falando sozinho?

Era Tila com a sua criança no colo. Ivo olhou, não pensou nada, mexeu a cabeça. Depois foi ficando sério, a mão da terra foi para o queixo e ali parou. Baixou os olhos.

– Puxa, como você está magro!

Claro, comendo o que comia, a vida pior, dia e noite aquele maldito G.C., aquela espera. E o pior é que não vinha ninguém de casa. Cinco pratas no bolso...

Tila depois que o menino nasceu mudara um pouco, andava mais séria, às vezes, até ficava vermelha. Ivo mudou de posição. Ela ficou mexendo um dos pés, parecia uma menina que não sabe se fala ou não fala. O seu menino no colo era muito pequeno, muito calado, só olhando para Ivo.

– Qual é o nome dele, hem?

Fazia já muito tempo que Ivo não falava com ela. E provocações não faltavam.

– Dirceu. Bonito, não? Ele já quer falar.

E começou a falar do menino. Como estava diferente, mudada! Antes era uma tonta se entregando a qualquer um. Bem, agora também se entregava, mas não era uma tonta. Estava até meio humilde no seu jeitinho de mãe, não tinha aquela afobação de antes. Ivo a olhou nos olhos, houve um desejo. Uma vergonha, ela adivinhou, os olhos foram para o chão. Coitada, não merecia aqueles xingamentos da cantina, nem merecia aquela vida. Também... Nem pai, nem mãe, um tio que lhe batia. Mas gostava do menino, era boa, claro que era!

– Você tem raiva de mim, não? – Tila falou aos poucos, a sandália foi riscando o chão, a voz meio tremida.

Ivo sorriu. Então, ela o convidou.

Houve um silêncio. E fome danada, um vazio na barriga que o cinto de guarnição apertava. Uns apertos que vinham juntos, todos duma vez só e castigavam.

– Sabe? Eu hoje não comi nada – esfregou as pálpebras. – Anda tudo ruim e eu sem nenhum.

Tila falou que iria buscar comida em casa. Ivo ia dizer que não, passeou a mão na cara, olhou a terra. Era aceitar, estava precisando.

Tila voltou sem o menino. O prato de esmalte branco de contorno azul só tinha feijão e arroz requentados. Mas era comida de casa, comida escolhida, arroz escolhido, feijão escolhido, não tinha pedra, nem nada. Ivo meteu o capacete entre os joelhos e o prato de esmalte em cima. A colher espetou com vontade.

Barulho da comida na boca, Tila sentia uma alegria, uma vontade doida (mas mansa) de sentar junto a ele, de se aninhar, de se encolher, de ficar quieta. Sentou-se, a mão puxou o vestido surrado escondendo pernas.

O arroz e feijão pouco durou. Ivo largou bem devagar a colher sobre o prato e ficou passeando a mão no contorno azul. Deu um riso besta. Círculos iam, vinham, carinhosamente. Comida boa, a melhor comida, acarinhava o filete azul. Ficaram quietos, depois um olhou para o outro. Ela arriscou:

–Você é tão loiro...

Ele sorriu. Sorriso íntimo, meio peralta. Coitada, até que era boazinha, lhe dera comida, fora buscar em casa, lá deixara o menino sozinho. E tinha o rosto tão liso, lisinho. Ela pegou o prato.

–Você quer água, quer?

– Deixa, eu bebo no tanque.

– Aquela é quente. Vou buscar em casa.

Então Ivo sentiu que alguma coisa parou. E passou a palma da mão no rosto da mulatinha, bem de leve, deslizando, um carinho.

Vinha devagar para não derramar a água e Ivo foi pegar à entrada da garagem velha. Bebeu duma vez, suspirou, o capacete na mão. Depois limpou a calça no lugar das nádegas, olhou-a:

– Se você quiser, hoje, à noite...

Ela se queixou:

– Conversa! – os dois olhos queimavam. – Que nada! Você não vai.

Tila foi saindo, o copo vazio de boca para baixo. Foi até ela, tocou-lhe de leve no braço.

– Boba... pode me esperar.

A mulatinha foi correndo pela alameda de paralelepípedos.

Puxou o segundo cigarro, assobiou, enfiou o capacete, foi arranjar fósforos no campo de bocha.

Natal na cafua

O sub tirava o cigarro da boca.

– Quer me matar, lambão?

Eu moderava a corrida, ajeitava a viatura com todo o juízo.

– Tá dormindo, folgado!

Quem poderia entender aquele homem?

Agora a caminho da subsistência. À Lapa, buscar pão e carne na subsistência, viagem de todas as manhãs. Eu gostava do volante, adorava o volante. E mais, gostava daquelas idas à Lapa, porque me deixavam sozinho, atravessando a cidade toda, todinha. E bairros, e bairros, lá ia eu. Santa Cecília, Perdizes, Pompéia, ia tão contente no caminhão, que o caminhão parecia meu.

Aquilo, sim, era vida! As voltas eram ainda melhores. Voltava pelo Pacaembu, tudo deserto, bom caminho, muito bom para tiradas de oitenta, noventa. Sempre gostei de correr e chegava ao destino antes da hora. Nas viagens que duravam duas horas, ida e volta, não havia os xingamentos da caserna, nem as birras do sub Moraes.

Agora havia. Ele estava ali, velhote e meio surdo, fumando, berrando, xingando, com o braço passeando do lado de fora da janela. O bigode à antiga, cheio, abria-se, quase saindo da cara redonda. Era um bigode vigoroso e ajeitado todos os dias no barbeiro do quartel.

E eu aturando aquele homem nas viagens diárias, boçalidades, xingamentos. Aturando um homem que nem os sargentos conseguiam aturar. Metia-se a entender de tudo – motor, tração, explosão, desnorteava a mecânica, a garagem, tudo. E fosse alguém responder, argumentar... Era cadeia.

– Isto não justifica.

Para qualquer conversa eram suas palavras finais. Quem ouvisse, que calasse. Senão, era cadeia. E dera para me acompanhar nas viagens diárias à subsistência. Mais chato que a chateação.

– Me espera, lambão!

Era o bom dia que me dava. E era com aquele jeito de olhar de lado, de falar gritado, xingando, o cigarro no bico. O comandante me dizia que ele era surdo. Surdo nada. Surdo quando lhe convinha.

Agora me chamando de lambão, espezinhando, procurando chifre em cabeça de cavalo. Se eu fosse um sujeito encrespado...

Garoa e frio na manhã de dezembro. Garoa fria que insistia, que caía nos paralelepípedos e no asfalto, primeiro salpicando, depois molhando tudo. Uma beleza. Depois tudo molhado, árvores e casas, as ruas ficavam lisas, lisinhas como sabão.

As rodas da frente davam trabalho, dançavam, brincavam de perder a direção e as mãos no volante não tinham sossego. As mãos estavam frias, úmidas, meio queimadas pelo frio, que eu me levantava muito cedo. E era frio que cortava.

Nas ruas da cidade, os preparos de Natal, repetiam aqui, ali, além, numa fachada de loja, numa entrada de cinema, cores vibrantes na manhã. Mas não era alegre, era tristeza na manhã de corpos agitados, de pressa, de frio bravo.

Um ou outro Papai Noel de propaganda sustentando cartazes nos braços. Sujeitos magros, desajeitados, alguns eram negros fantasiados de Papai Noel, se arrastavam ridículos, as botas imundas de lama.

Um, especialmente um, era triste. Lá em cima duma perua, sentado numa poltrona ordinária, descascada nos braços e amarrada à capota do carro. O homem fazendo propaganda de pasta de dentes. O vento lhe batia na cara e fustigava a barba postiça, sua roupa muito larga, descorada, apalhaçada. Sentado, parado, parecia pensar e deveria sentir frio.

Lá embaixo, crianças morenas riam dele, zombavam, corriam atrás da perua. Ficava uma zoeira de música de Natal, mais os gritos das crianças. Tristeza um homem ganhar a vida daquele jeito. Como me pareciam detestáveis aquelas crianças morenas!

– Toma cuidado, lambão!

Mas não deu tempo. Desguiei, desguiei, as mãos torceram o volante, torceram, desembraio, breque, não deu tempo. Um Chevrolet veio contramão, passou-nos direto, nem nos raspou. E eu fui contra a perua do Papai Noel, o pára-choque enterrou-se inteiro na lataria. O Papai Noel estava ajoelhado na poltrona, abobalhado.

Escorria uma coisa fina do braço do sub Moraes, o braço que sempre brincava fora, nos contornos da janela. Escorria uma mistura por entre a manga arregaçada da camisa de instrução. Era sangue, garoa, lama, não sei.

O sub botou o braço na tipóia e eu fui parar no xadrez.

Antes me levaram ao H.M. para consertar o ferimento do rosto e das mãos, que o vidro do caminhão ficou em cacos. No rosto não doeu nada, nas mãos a anestesia foi impossível. Gemi como criança, aquilo era me estraçalhar, não podiam fazer aquilo comigo. Ô vontade maluca de arrebentar tudo o que estava à minha frente! Um me segurava o braço, o enfermeiro espetava os dois ferros que cortavam mais que o vidro, eu fechava os olhos e urrava. O enfermeiro, às vezes, também fechava os olhos.

– É o jeito, meu.

Natal.

Sol lá fora, ruídos se tocam, se combinam, enchem a manhã, e é muito fácil adivinhar as coisas da rua em frente ao quartel. E não é muito triste, não. A dureza toda está nas mãos que doem terrivelmente, e coçam, coçam. Parece-me que bichinhos danados andam picando a palma das mãos, assanham-se, roendo, roçando. Às vezes, a amolação aperta e dói tanto, que dá até vontade de urinar.

Por estes dias todos vem um cara do rancho, o 9-64, para me botar a comida na boca.

É. Lá em casa devem estar tristes. Papai, mamãe, Natal é coisa séria para a família que se reúne todos os anos. A gente se reencontra, se revê, abraços, camaradagem. Sempre aparece um primo que está mais velho. Este ano papai convidou até padre

Pedro, amigo velho da casa. Eu pouco gosto de padre, mas padre Pedro é excelente; caprichoso, melhorando em tudo o que faz. Viu a guerra na Alemanha, agüentou coisas bárbaras. Costuma dizer que as metralhadoras comiam tanto, por cima e por baixo, que as árvores ficavam sem folhas e sem raízes. Diz que morriam de pé, minguavam, secavam, as raízes comidas por balas. Curtiu tanta fome, suportou muito, até hoje come pouco, uma refeição por dia. E se a comida é muita, sente dores no estômago e picadas no peito magro.

Aquele homem é um santo. Durante o ginásio vivia me ajudando, dando-me aulas de graça. Eu nunca me dei com matemática, padre Pedro faz o que quer dos números. Chegava ao seminário e o encontrava sujo de terra, entre tijolos, cal, suando, ajudando os pedreiros. Passava água nas mãos, pedia os livros.

– Filho, vamos a verrr.

E não aceitava um tostão. Uma vez censurou porque eu lhe levei uma lata de marmelada. Gosta de crianças, adora crianças, vive dizendo que as crianças merecem tudo. Até hoje me trata como menino, acha que eu ainda sou menino, e sei que ele vai perguntar por mim.

Também Isaura vai perguntar. Novinha, miúda, mas linda, Isaura tem me dado domingos tranqüilos, sábados tranqüilos. Isaura tem uns olhos claros, mansos, que lhe deixam ver a alma. Um, dois dias por semana passo meigamente nos olhos de Isaura.

Peço um cigarro, arranjo, tenho de fumá-lo no canto da boca, as mãos completamente amarradas, atadas, gaze, esparadrapo e cheiro de iodo. Fico olhando a parede imunda, que, à luz do dia, contém toda uma variedade de palavrões, apelidos, marcas de sujeitos que por aqui passaram e mofaram, nomes de maloqueiras da redondeza.

Aqui é frio, escuro, há fartum de dejetos, mas lá fora há sol, barulho de automóveis, certamente crianças estarão estreando brinquedos de Natal.

É a segunda prisão em que caio e estou estranhando. Os ferimentos das mãos e da cara me deram certa dignidade, respeito. Os companheiros de cafua me facilitam as coisas, e há um ódio crescente contra o sub Moraes.

Somos cinco, só cinco na cafua e estamos quietos. Cada um pensa a sua coisa, resmunga e torna a ficar quieto.

O sofrimento das mãos, a impossibilidade de segurar qualquer coisa não me enerva. Sinto uma fraqueza, parece-me que vou dormir: às vezes, uma modorra gostosa, uma sonolência, quase um desmaio... Mas estou calmo, sereno, estupidamente.

No primeiro dia, as emanações da latrina, nojentas, enchiam o ar e enchiam toda a cadeia. Eu sentia enjôo e dor de cabeça. Já hoje não estranho, estou calmo, nem triste da vida, nem tão saudoso de Isaura, de casa. Acredito que vou me acostumando, crio casca, traquejando, ganhando cheiro de macaco.

– Rancho.

Novamente comida na boca... Mas hoje a gororoba será

melhor, é Natal, a comida será melhor, eu tenho certeza. O quartel estará vazio, calmo, só com o pessoal do dia. A turma do rancho terá caprichado na comida.

A chave corre no buraco e a cafua se abre. O cabo do dia entra, fuma, olha tudo.

– O sargento mandou...

Ô beleza! A gente não vai comer aqui não. Vai é para o rancho, como se estivesse em liberdade.

Na cafua a vista se ajeita à escuridão, se acomoda, se habitua. Assim como o corpo se ajeita à imundície e à seminudez das camisetas e dos calções ordinários. Por isso, quando saímos à luz, o sol nos parece uma coisa muito boa, que vibra, uma coisa quase nova, que nos aquece e nos encanta, quase nos assusta...

Nós respiramos fundo. Nós olhamos para o alto, para o céu, nós olhamos. Assim os homens saúdam o sol.

– Agrupamento, sentido!

Meto-me em forma, meto o coturno nos paralelepípedos. Batida seca dos calcanhares. As pernas andam frouxas, mas as batidas ainda são secas, duras. Vamos marchando, contentes, seguindo. É um sol, um ar, um dia tão leve...

Alguém me tira a cobertura à entrada do refeitório. O sargento do dia, o sargento Magalhães.

– Ué, você não foi pra casa?

Baixo os olhos.

– Estou puxando uma semana.

Sento-me, ajeito-me, o casquete na platina. Vem o 9-64, pergunta como vou. As mãos doem, coçam, picam, mas largo uma mentira, digo que não é nada, praça é praça.

Agora, batata frita. Meu Deus, batata frita! Primeira vez que vejo isto no quartel. Os homens sorriem uns para os outros, a velha camaradagem se acende e um bate-papo sem xingamentos, nem gritos, vai nos envolvendo, nos tomando, até que um homem do corpo da guarda também fala. Outro também, todos falam. Vou recebendo as colheradas, mastigando aos poucos, conversando também.

Quando o rancho acabou, veio a vez dos cigarros.

– Deixe esses homens pra fora, no campo.

O sargento Magalhães que mandava.

Uma tarde inteira de liberdade, como os outros, exatamente como os outros. O cabo do dia mete-nos em forma, manda-nos tocar para o campo. Ninguém no quartel além do corpo da guarda e das sentinelas dos postos.

Pardais voam da grama quando nos sentamos. O cabo enfia os quatro dedos no cinto de guarnição, fica o polegar de fora. Os homens se estendem no gramado.

Ponho-me a andar à toa, em volta do campo, os olhos lá fora, na rua, nas pessoas que passam, nos autos, nos meninos com seus brinquedos. Natal. Como estariam as coisas em casa? Debruço-me, braços balançando na cerca.

– Quem te pôs no xadrez, menino?

É o sargento Magalhães.

– O sub Moraes – paro o balanço dos braços.

O homem me topava. Olhou-me as mãos enfaixadas.

– Isto dói, é?

Balanço a cabeça.

– Coça um pouco. – E ganhando coragem: – Dá uma tremedeira.

Uma pausa, pardais, meninos lá fora, o sol. E o maço de cigarros que se estende.

– Tem cigarros?

Tenho sofrido muito nestes meses de quartel, ouvi muito xingamento, muito deboche e muita ofensa. E tenho me desdobrado tentando acertar, bestamente. Perco aulas no colégio, me prejudico. Tenho aturado, agüentado, perdi injustamente meu curso para cabo, sou o melhor motorista da companhia e dei com o lombo na cadeia duas vezes.

Na primeira houve motivo, nesta não há, esta é birra do sub Moraes. Até um cego vê que não tive culpa no acidente, estava na minha mão, direitinho. Também não podia morrer como um passarinho. O sub acha que não, e agora estou aqui, neste estado, puxando sete dias.

– Tem cigarros?

Também tenho recebido favores, dispensas e já ganhei dois elogios no boletim, porque eu sei o que faço no volante. Mas nunca, nada me sensibilizou como agora o maço de cigarros estirado pelo sargento Magalhães, naquela fala camarada. Nunca recebi nada tão bom. Arrisco uma liberdade. Falo humilde, falo baixo, os músculos da cara parados, um medo de botar tudo a perder.

– Mas é preciso me botar na boca.

O homem me põe o cigarro na boca.

Ando, ando à toa. As mãos coçam, coçam muito. Às vezes, é um arrepio fino, que vai até à vontade de urinar. Mas não tem importância, ando. Natal. Lá na calçada as crianças brincam com os presentes novinhos.

– Tem cigarros?

Puxa, como aquilo era bom!

Pensando no sub Moraes. Como seria o Natal do sub? Teria crianças, uma tarde assim como a minha? E o seu braço na tipóia?

Boto os olhos nas crianças lá fora, as mãos doem, penso no padre Pedro, penso em Isaura, nos olhos calmos de Isaura. Olho para a calçada. Como são lindas as crianças morenas! Vou andando, andando, vou juntar-me aos outros, ficar aí pela grama, como os outros, até que a tarde acabe e o sargento nos recolha à cafua.

Sinuca

Uma definição:

“A mesa é triste, dolorida como uma branca que cai.”

(Palavras ouvidas de Bola Livre, um vagabundo da Lapa-de-baixo.)

À picardia, à lealdade
e – em especial – à beleza de estilo
de jogo
do
muito considerado mestre
CARNE FRITA,
professor de encabulação e desacato
e
cobra de maior taco dos últimos anos,
consagro
com a devida humildade
estas histórias curtas.

Frio

O menino tinha só dez anos.

Quase meia hora andando. No começo pensou num bonde. Mas lembrou-se do embrulinho branco e bem feito que trazia, afastou a idéia como se estivesse fazendo uma coisa errada. (Nos bondes, àquela hora da noite, poderiam roubá-lo, sem que percebesse; e depois?... Que é que diria a Paraná?)

Andando. Paraná mandara-lhe não ficar observando as vitrinas, os prédios, as coisas. Como fazia nos dias comuns. Ia firme e esforçando-se para não pensar em nada, nem olhar muito para nada.

– Olho vivo – como dizia Paraná.

Devagar, muita atenção nos autos, na travessia das ruas. Ele ia pelas beiradas. Quando em quando, assomava um guarda nas esquinas. O seu coraçãozinho se apertava.

Na estação da Sorocabana perguntou as horas a uma mulher. Sempre ficam mulheres vagabundeando por ali, à noite. Pelo jardim, pelos escuros da alameda Cleveland. Ela lhe deu, ele seguiu. Ignorava a exatidão de seus cálculos, mas provavelmente faltava mais ou menos uma hora para chegar. Os bondes passavam.

Paraná havia chegado com afobação. Nem tirou o chapéu, nem nada. O menino dormia. Chegou-se:

– Nêgo... nêgo!

O menino não queria. Paraná puxou a manta.

– Paraná! Que foi? – acordou chateado.

O homem suado na testa. Barbado. Só explicou que precisava dele. Levar um embrulho às Perdizes. Muito importante. O menino se arrumou fora do colchão furado, meteu o tênis.

– Embrulho? Pra quem?

Paraná fez uma coisa que nunca fizera e que ele não entendeu bem. Fê-lo ficar de pé, pousou-lhe as mãos nos ombrinhos. Sentado na beira da cama. Disse bem devagar.

Ele tinha que ir às Perdizes, encontrar-se lá com Paraná. E não podia perder o embrulhinho. Perguntou-lhe se conhecia uma avenida grande que desce a igreja das Perdizes. Sim. Ele deveria descê-la, três quarteirões. Sim. Tomar cuidado com os guardas. Sim. Lá encontraria um ferro-velho. Sim. Pularia o muro.

– Lembra? Aquela viração do Diogo? Pois. Mudou de dono.

Pulasse o muro e esperasse Paraná aparecer. Havia cama, escondida no barracãozinho de zinco. Se não viesse, ele que dormisse. E acordasse cedo para os donos do ferro-velho não perceberem que a gente dormira lá. Se Paraná não aparecesse deveria ir para o largo da Barra Funda, lá na casa de Nora. Logo pela manhã.

– O embrulho é sagrado, tá ouvindo?

Paraná apalpou-o, examinou-lhe a roupinha imunda de graxa de sapato. Tirou-lhe o tênis, cortou dois pedaços de jornal e enfiou-os dentro. Embrulhou uma manta verde. Meteu a mão no bolso, deu-lhe duas de dez. Os olhos brilharam:

– Se vira com elas. Olha, se eu não baixar lá...

– Ué, por quê? – o menino interrompeu.

– Nada. O embrulho é nosso, se güenta. Se manca.

Que o abrisse, mas escondesse. Nem Nora poderia mexer. E que se virasse lá na Pompéia, engraxando. O menino teve um estremecimento. Será que os guardas iriam agarrar Paraná? Ouvira contar que a cana é lugar ruim, escuro, onde se apanha muito. Contudo, Paraná era muito vivo, saía-se bem de qualquer galho. Sossegou. Depois, resolveu perguntar se ele apareceria mesmo.

Paraná fez não ouvir. Falou do muro do ferro-velho. Era alto e difícil. Tomasse cuidado. Abriu a porta imunda:

– Se arranca. Se vira de acordo, tá? Olho vivo no embrulho.

E depois, lembrando-se:

– Mora, tá frio.

Passou-lhe o embrulho da manta. O menino sentiu as notas no bolso do casacão. Coçou o pixaim:

– Puxa, como é de noite. Tchau.

Paraná respondeu com a mão no ar. O menino meteu o embrulinho branco entre o suspensório e a camisa. Só ficou o embrulho da manta na mão.

Andou.

Pequeno, feio, preto, magrelo. Mas Paraná havia-lhe mostrado todas as virações de um moleque. Por isso ele o adorava. Pena que não saísse da sinuca e da casa daquela Nora, lá na Barra Funda. Tirante o que, Paraná era branco, ensinara-lhe engraxar, tomar conta de carro, lavar carro, se virar vendendo canudo e coisas dentro da cesta de taquara. E até ver horas. O que ele não entendia eram aqueles relógios que ficam nas estações e nas igrejas – têm números diferentes, atrapalhados. Como os outros, homens e mulheres, podem ver as horas naquelas porcarias?

Paraná era cobra lá no fim da rua João Teodoro, no porão onde os dois moravam. Dono da briga. Quando ganhava muito dinheiro se embriagava. Não era bebedeira chata, não. Como a do seu Rubião ou a do Aníbal alfaiate.

– Nêgo, hoje você não engraxa.

Compravam pizza e ficavam os dois. Paraná bebia muita cerveja e falava, falava. No quarto. Falava. O menino se ajeitava no caixãozinho de sabão e gostava de ouvir. Coisas saíam da boca do homem: perdi tanto, ganhei, eu saí de casa moleque, briguei, perdi tanto, meu pai era assim, eu tinha um irmão, bote fé, hoje na sinuca eu sou um cobra. Horas, horas. O menino ouvia, depois tirava a roupa de Paraná. Cada um na sua cama. Luz acesa. Um falava, outro ouvia. Já tarde, com muita cerveja na cabeça, é que Paraná se alterava:

– Se algum te põe a mão... se abre! Qu'eu ajusto ele.

Paraná às vezes mostrava mesmo a tipos bestas o que era a vida.

O menino sabia que Paraná topava o jeito dele. E nunca lhe havia tirado dinheiro.

Só por último é que ele passava os dias fora, girando. Era aquela tal Nora e era a sinuca. A sinuca, então... Paraná entrava pelas noites, varava madrugada, em volta da mesa. Voltava quebrado, voltava que voltava verde, se estirava na cama, dormia quase um dia, e não queria que o menino o acordasse.

Só por último é que andava com fulanos bem vestidos, pastas bonitas debaixo do braço. Mãos finas, anéis, sapatos brilhando. Provavelmente seriam sujeitos importantes, cobras de outros cantos. O menino nunca se metera a perguntar quem fossem, porque davam-lhe grojas muito grandes, à toa, à toa. Era só levar um recado, buscar um maço de cigarros... Os homens escorregavam uma de cinco, uma de dez. Uma sopa. Ademais, Paraná não gostava de curioso. Mas eram diferentes de Paraná, e o menino não os topava muito.

Ele sempre sentia um pouco de medo quando Paraná estava girando longe. Fechava-se, metia um troço pesado atrás da porta. Ficava até tarde, olhando os cavalos da revista de turfe de Paraná. Muito altos, espigados, as canelas brancas, tão superiores ao burro Moreno de seu Aluísio padeiro. Só com os soldados, à noite, é que via coisa igual. Fortes e limpos. Fazendo um barulhão nos paralelepípedos.

– Que panca!

Muita vez, sonhava com eles.

Havia Lúcia, a menina branca e havia seu Aluísio padeiro. Gostavam dele. O resto eram pessoas que passavam na rua João Teodoro com muita pressa. Também um meganha que vinha engraxar os coturnos. Dava sempre gorjeta. Esse, entretanto, não falava muito.

Lúcia era menor que ele e brincava o dia todo de velocípede pela calçada. Quando alguma coisa engraçada acontecia, eles riam juntos. Depois, conversavam. Ela se chegava à caixa de engraxate. O menino gostava de conversar com ela, porque Lúcia lhe fazia imaginar uma porção de coisas suas desconhecidas: a casa dos bichos, o navio e a moça que fazia ginástica em cima duma balança – que o pai dela chamava de trapézio. Na sua cabeça, o menino atribuía à moça um montão de qualidades magníficas.

Seu Aluísio vivia brincando com todas as crianças que encontrava. Era só ver criança. Uma conversa gozada, mexendo na cara o bigode poento. Piadas sem graça, chochas. O menino gostava era do jeito que seu Aluísio tinha para contá-las. Terminava e ria primeiro que os ouvintes. Paraná deixava que o menino se entretivesse com ele.

Para o menino, todas as outras pessoas eram tristes, atarefadas na pressa da rua João Teodoro. Afobadas e sem graça.

Frio. Quando terminou a Duque de Caxias na avenida São João. O pedaço de jornal com que Paraná fizera a palmilha não impedia a friagem do asfalto. Compreendeu que os prédios, agora, não iriam tapar o vento batendo-lhe na cara e nas pernas. Andou um pouco mais depressa. Olhava para as luzes do centro da avenida, bem em cima dos trilhos dos bondes, e pareceu-lhe que elas não iriam acabar-se mais. Gostoso olhá-las.

Que bom se tomasse um copo de leite quente! Leite quente, como era bom! Lá na Rua João Teodoro podia tomar leite todas as tardes. E quente. Mas precisava agora era andar, não perder a atenção.

– Paraná já deve tá na boca de espera.

O menino preto tinha um costume: quando sozinho, falar. Comparava os cavalos taludos e a moça da ginástica e as coisas da rua João Teodoro. Desnecessário conhecer coisas para comparar. Cuidava que os outros não o surpreendessem nos solilóquios. Desagradável ser pilhado. Impressão de todos saberem o que se passava com ele – pensamento e fala. Paraná também achava que aquilo era mania de gente boba. É. Não devia. Mas era muito bom. O menino se achava muito bem, quando podia estar daquele jeito.

Eta frio! Tinha medo. Alguém poderia vê-lo sacar uma de dez. Que vontade! Arriscou. Num bar da Marechal Deodoro. Entrou sorrateiro, encostou-se ao balcão. Só um casal numa mesa, falando baixinho e bebendo cerveja. Tremelicou, bebeu, pegou o troco, duas horas no relógio do bar. Cansado, com sono. Por que diabo todos os relógios não eram como aquele, grande e fácil? Entretanto, não se deteve nesses e noutros pensamentos. Mais meia hora de chão, e se Paraná não viesse?... Teria que acordar muito cedo. Escapulir bem escapulido para os caras que compraram o ferro-velho do Diogo não perceberem.

Apalpou o embrulinho branco. Repetiu o exercício muitas vezes. Não haveria de perdê-lo. Levava a manta embrulhada como se carregasse um livro. As perninhas pretas começavam a doer.

– Mas que frio!

Lúcia contava que navios apitavam mais sonoros que chaminés. Enormes. Gente e mais gente dentro deles. Iam e vinham no mar. O mar... Ele não sabia. Seria, sem dúvida, também uma coisa bonita. Quando seu Aluísio ria, o bigode se abria, parecia que ia sair da cara. É. Mas o burro Moreno não chegava nem aos pés dos cavalos da revista.

– Cavalo não tem pé.

Quem é que lhe falara assim uma vez? Esforçou-se, não lembrava. Somente se lembrou de que Paraná talvez estivesse esperando e apertou o passo. Vento. O pezinho direito subia e descia na calçada e o menino sentia muito frio. Meteu também o embrulho da manta entre a camisa e o suspensório. Mãos nos bolsos.

Evitava os olhares dos guardas. A avenida teria muitos, era preciso, quem sabe, desguiar. Enfiar-se, talvez, pelas ruas transversais. Mas temeu se perder nas tantas travessas e não encontrar a igreja das Perdizes. Ia tremelicando, mas ia.

– Cavalo não tem pé.

Quem é que falara assim uma vez?

Largo Padre Péricles. Igreja das Perdizes. Suspirou. Estava perto. Por ali, ninguém. Tudo dormido. Só motoristas de praça que ouviam rádio baixinho, cabeça deitada no volante. Deveria ser bom ficar como eles... Ou tocando pra baixo e pra cima num carrão daqueles. Vida boa. Nenhum vagabundo dormindo nas portas da igreja.

– E Paraná?

Parou, pensou um pouco. Perplexo, pareceu-lhe a princípio estar fazendo coisa errada, não indo procurar Paraná noutro canto. Vasculhar outros lados. E se não estivesse no ferro-velho? Um pressentimento desusado passou-lhe pela cabecinha preta. Guarda-noturno surgindo no largo. O menino andou.

Logo que começou a descer a Água Branca veio-lhe um pouco de fome e uma vontade maluca de urinar. Ali não dava. Se viesse alguém...

Já seriam duas e pouco.

Frio. Canseira. As casas enormes esguelhavam a avenida muito larga. Pela avenida Água Branca o menino preto ia encolhido. Só dez anos. No tênis furado entrando umidade. Os autos eram poucos, mas corriam, corriam aproveitando a descida longa. Tão firmes que pareciam homens. O menino ia só.

Na segunda travessa, topou um cachorro morto. Longe, já o divisara. Assustou-se com as deformações daquele corpo na beirada do asfalto. Analisou-o de largo, depois marchou.

– O coitado engraxou alguma roda.

Ficou com pena do cachorro. Deveria estar duro, a dor no desastre teria sido muito forte. Não o olhou muito, que talvez Paraná estivesse no ferro-velho. Seguiu. A vontade forte ia com ele.

O muro pareceu-lhe menos alto e menos difícil de pular do que advertira Paraná. O menino procurou o homem por todos os lados. Depois, chamou-o. Abafava os sons com a mão, medroso de que alguém, fora, passasse. Chamou-o. Nada de Paraná. E se os guardas tivessem... Uma dor fina apertou seu coração pequeno. Ele talvez não veria mais Paraná. Nem rua João Teodoro. Nem Lúcia.

– Para-naaá...

Repulou o muro. Ainda olhou para a avenida. Frio. Queria ver um vulto. Ninguém. Não havia nada. Só um ônibus lá em cima, que dobrava o largo, como quem vai para os lados da Vila Pompéia. Então, desistiu. Agarrou-se com esperança à idéia de que Paraná era muito vivo. Guarda não podia com ele. Sorriu. Pulou de novo. Achou a tarimba prontinha. Tateou o embrulhinho branco. No escuro, sem lua, os pedaços de folha-de-flandres era o que de melhor aparecia. Abriu a manta verde, se enrolou, se esticou, ajeitou-se. Pensou numas coisas. Olhando o mundão de ferrugem que ali se amontoava. Não se ouvia um barulho.

– Cavalo não tem pé.

Onde lhe haviam dito aquilo? Não se lembrava, não se lembrava. Coitado do cachorro! Amassado, todo torto na avenida. Também, os automóveis corriam tanto... Frio, o vento era bravo. Sentia ainda o gosto bom do leite. Onde diabo teria se enfiado Paraná? Ah, mas não haveria de meter o bico no embrulhinho branco! Nem Nora. Muito importante. Paraná é que sabia, Nora não. Um arrepio. Que frio danado! Entrava nos ossos. Embrulhou-se mais no casacão e na manta. Fome, mas não era muito forte. O que não agüentava era aquela vontade.

Lembrou-se de que precisava se acordar muito cedo. Bem cedo. Que era para os homens do ferro-velho não desconfiarem. Lúcia, branca e muito bonita, sempre limpinha. Sono. Esfregou os olhos. O embrulhinho branco de Paraná estava bem apertado nos braços. Entre o suspensório e a camisa. Que bom se sonhasse com cavalos patoludos, ou com a moça que fazia ginástica! Contudo, não agüentava mais a vontade. Abriu o casacão.

Então, o menino foi para junto do muro e urinou.

Visita

Sonhei que voltara às grandes paradas. Eu e Carlinhos.

Desprezando para sempre nossos empregos, sozinhos no mundo e conluiados, malandros perigosos, agora. Vagabundeávamos, finos na habilidade torpe de qualquer exploração. E fisgávamos mulheres, donos de bar, zeladores de prédios, engraxates, porteiros de hotel, meninos que vendem amendoim...

Era quando a branca caía.

No jogo, no quente jogo aberto das parceiradas duras, partidas caríssimas, eu tropicava, tropicava, repetidamente. Aquilo não se explicava! A tacada final era dolorosa e era invariável – era a minha – e eu me perdia. Aquilo, aquilo nos arruinava. Quem me visse e não soubesse diria que eu estava traindo. O ótimo Carlinhos não se desnorteava, fazia fé, dava-me o embalo, imprimia moral.

– Firma e joga o jogo!

Mas nada. Ajeitasse giz no taco, estudasse os efeitos das tabelas, caçasse combinações, lavasse o rosto para a tacada – não me salvava. A bola branca caía.

– Olha, este sabonete também.

– Sim senhora.

Diabos, toda noite esta história. Mal entro em férias, é isto. Não basta o escritório, não basta. Os chefes, as idiotices. Tudo em promiscuidade e eu a aturar. Quando a noite chega, hora da gente descansar, cinema, mulher, qualquer coisa... não. Latinha de flite, sabonete, caixa de alfinetes, nem sei. Minha mãe tem a mania de me arranjar estes probleminhas domésticos. Pelo ano inteiro, este tonto trabalha e agüenta escola noturna. Dorme seis horas, acorda atordoado de sono, vai buscar dinheiro numa profissão inútil. Dia todo somando, dividindo, subtraindo, multiplicando. Por que diabo mandam-me tantos relatórios? Os dedos pretos de fumo são fins de braços sem bíceps, sem tríceps, nada. Pudera! Às vezes, vejo na expedição homens da sacaria, braços enormes. Imagino-me vivendo à sombra deles. Parece-me que a vida teria músculos e sossego, não cálculos e ocupações domésticas.

Uns dois meses sem ver Carlos. Desde o tempo da refinaria. Não sei bem como era – mas eu não vivia mandado como agora, tinha sempre mais dinheiro, meu jogo era bom, tinha um estilo e rendia.

Quando deixei aquilo, deixei-o e deixei outros colegas. Emprego novo, vida diferente. Qualquer mudança me impinge ocupações novas, esquecer amigos, abandonar certas coisas. Parceiros em tudo, parceirões. Dois tacos considerados e de respeito, viris nas partidas caras. E na refinaria, sempre me arranjava um jeito de estudar escondido, tapear os chefes. Num Natal dera-me um postal. A aproximação de dezembro, agora, trouxe-me a lembrança de revê-lo e levar um cartão. Carlos se alegraria, abraços, café, apresentar-me-ia sua irmã (ele deveria ter uma irmã linda); bate-papo sobre futebol, a velha sinuca, umas horas longe de latinhas de flite e sabonetes.

Arranco a gravata. Nem é gravata. Um nó e pronto. Mas todas são assim, não as consigo conservar. E o pior é que aqueles sujeitos do escritório, gente estrangeira que fuma charuto, espia isso. Nada o que fazer. Adoraria vê-los onde estou, dia inteiro sobre a máquina, suportando desaforos.

– Onde é que anda minha camisa esporte?

– Camisa não anda.

– Deixe de brincadeiras! Onde é que está minha camisa esporte?

– Não sei, procure.

Que irmã, vejam. Uma tonta. Sabe é ouvir novela, ler romancinhos para moças, discutir babados. Uma camisa nunca sabe onde está. Chateado, abro o guarda-roupa. Há um estalo na porta, que a fechadura está velha, que é preciso trocá-la, eu vivo falando nisso. Não encontro camisa esporte.

– Mas onde enfiaram?

– Nossa!...Você vive sempre amolado.

Ora, vou com esta. Sem gravata, tudo arranjado.

–Você viu a filha de seu Daniel, ontem?

– Não vi.

– Só mesmo vendo aquele vestido.

Vejam, em vestidos pensava...

– Por que você não me compra um vestido daqueles para o Natal? Fica tão bem...

A filha do Daniel é uma sujeita antipática que vive por aí. Anda namoricando Deus e todo o mundo. Agora é a vez dum sargentinho da Aeronáutica, muito metido a balão. Julga-se por isso, moça distinta, troço importante cá na vila. Galinha assanhada! Da pouca-vergonha que faz à noite, no namoro de portão, vive se esquecendo.

– Compro nada!

– Pão duro!

Bem, até aí estava bem. Miserável, pão duro, estava bem. Muito bem. Agora, sustentar luxos e tendências, não. Já me bastam os meus gastos.

Uma calma gostosa.

O ônibus quase vazio me dá calma. Entrando vento pela janela. Bom. Mãos cruzadas, olhando coisas lá fora. A casa do ótimo Carlinhos – perto. Poderia ir a pé. Prefiro o ônibus; basta a canseira do dia. Gente como eu, bobagem economizar níqueis. Jamais se tem alguma coisa. A taxa do colégio, uma farra qualquer, levam tudo. O diabo é que eu não nasci trouxa, aqueles tempos de jogo, quando desempregado, me ensinaram que eu não nasci trouxa. Agora, o salário minguado dá para cigarros de vinte cruzeiros e cachaça de quando em quando. Se o mês aperta, corta-se isso.

– Só mesmo vendo aquele vestido.

Calculem. E eu a aturar. Se perco as estribeiras, meto a boca no mundo, é a velha história – estou dando escarcéu, acordando a boa vizinhança, mau exemplo. Quietinho. Feito um menino, feito criado.

Carlos deveria ter uma irmã linda, cheia de modos e não cabeça oca. Nunca estivera em sua casa. Sabia o endereço, que ele jamais esquece essas coisas. Eu não. Tanto faz. Talvez por isso não arranje bom emprego. Mas... e se não tenho jeito?

O cobrador. Tiro vinte cruzeiros, espero o troco. Gostosa, a noite. O ônibus roncava, ganhava esquinas, passou a serraria, a fábrica de tubos. Passada a ponte, eu desceria. Sentou-se a meu lado um tipo de chapéu, olhando de esguelha. Assim fazem nos ônibus, parecem não ter coragem de encarar uma pessoa. Caras de gente apoquentada nestes lados, que me parecem uma indústria de neurastênicos.

O ônibus rolava pelo viaduto. Rio sujo lá embaixo. Ainda dizem ser grande coisa lá na escola. Asnos engravatados! Não sei. Li, dia desses, a biografia de um escritor morto há pouco, também professor. Coitado, mal tinha para os quatro filhos, e um dia foi detido, trancafiado, por meter-se em política, mesmo não sendo da esquerda. Homem admirável. Mas dizer-se maravilha do rio fedorento, lá isto é asneira grossa. Até um ignorante como eu, percebe. Xingam isto de nome indígena...

Já curti um desemprego, cinco meses que só eu sei... Vida do joguinho. O dia na cama, a noite na rua. Cinco meses. Mas naquele tempo eu fumava cigarros estrangeiros e mandava polir as unhas. Não engolia um desaforo. Dinheiro? Eu tinha muita cabeça e era um taco de verdade. Noites de levantar quatro-cinco contos! Mas jogo é jogo e eu não nego – peguei rebordosas medonhas – não foi uma vez que deixei o salão sem dinheiro para o ônibus. A casa... a família reunida para as reprimendas que duravam duas horas. O vagabundo, o ingrato, o perdido, o isto e o aquilo ouvia sem dizer nem pau, nem pedra. Os olhos no bico dos sapatos. Aborreciam-me. Puxava uma, duas das notas maiores e entregava. Preocupação, remorso, vergonha? Não, não, nada disso. Era sono, que eu passara a madrugada em volta da mesa me batendo, jogando, suando, arriscando, perdendo, ganhando. Por isso aturava o esporro – queria dormir. Falassem. Moral para a família rezadeira é agüentar máquina de cálculo oito horas por dia, agüentar chefe estrangeiro, bitola, manha, idiotice e ganhar seis contos no fim do mês. Hoje sou um bom rapaz...

Dou o sinal, pulo. Ganho a rua de paralelepípedos, dobro esquinas, olho o endereço num cartão, entro por um corredor, rumo a um cortiço. A casa era a última duma fileira de moradias de ferroviários. Na varanda, um casal em namoro. Um pegadio sem modos. Avistando-me, vem a moça atender.

– Boa noite. Carlos está?

– Não. Saiu. O senhor...

Coço a cabeça. Sempre me desajeito ante mulheres. E esta, agora, me chamando de senhor! Torço as mãos, desespero-me à toa. Deve ser a irmã de Carlinhos. Namorando ou noivando. Bonita, boas pernas. O sujeito que aí está – bem apessoado. Voz firme e não corou, quando apareci interrompendo abraços. Como essas pessoas que não se intimidam ante outras me parecem superiores! Tiro o postal do bolso interno do paletó, vem junto um cigarro amassado que guardo com atropelo.

– Pode-lhe, por favor, entregar isto?

– Pois não.

– Me desculpe, a senhora é irmã dele?

Era. Despeço-me, deixo-os sossegados. Curvo esquinas, subo ladeiras, acendo cigarros maquinalmente. Encabulado. Pena não ter encontrado o excelente Carlinhos. Chateado. Perdi uma noite agradável.

– Também... isto não deve ser hora de visitas.

É. Quem sabe... não entendo dessas coisas. Tanto faz. Vou perambulando, a admirar coisas do caminho, mulheres que passam. Cedo, nove horas. Um bar, entro. Num sobrado, gente conversando na sacada.

– Cachaça pequena, faz favor.

Um sujeito solícito me enche o copo. Encosto-me ao balcão, fico olhando para a calçada, onde besouros caem e gente passa de longe em longe. Remato a bebida, saio. E agora, o quê? Cinema? Meio tarde para cinema. Besouros voam, caem. A última sessão termina pela meia-noite passada, o último ônibus parte às onze e meia. Porcaria de subúrbio! O sujeito que abraçava a irmã de Carlos era alto e era loiro. Havia se arranjado muito bem.

– Por que não arranjo uma namorada?

Um engraxate batuca na caixa, me convida para limpar os sapatos. Viro a esquina, entro para os lados do ponto do ônibus. Lendo um letreiro de propaganda de dentifrício.

– Por que não arranjo uma namorada?

Que nada... arranjaria uma dessas franguinhas bobas, que se ajustam a meninos bonitos. Ao pé do letreiro, um modelo de dentes muito brancos, teria pernas bonitas como as da irmã do ótimo Carlinhos. Meus dentes são amarelos, manchas de fumo. Ambas teriam coxas mornas, brancas. Espero uns minutos, quieto. Aquela posição, de pé, mãos para trás feito soldado, me chateando. Ando até outro ponto mais próximo do final. A filha do Daniel vive inchada pelo sargentinho da Aeronáutica, e se tem como moça distinta. Para essa gente, distinção é usar roupa nova, ter namorado bonito... Essas coisas. Ônibus não vem. Diabo de linha! Por que não vem duma vez a prefeitura de um governo que tome conta de tudo?

Bato a cinza do cigarro. A vila é bem mesquinha, rodeada de fábricas, dezenas de bares, três igrejas, um grupo escolar. O casario feio abriga mal gente feia, encardida, descorada. Nos meus cinco meses de vagabundagem eu me acordava tarde, tarde, e podia ver melhor aquilo. Ia aos bares. As ruas com seus monturos, cães e esgotos, muitas vezes me davam crianças que saíam do grupo escolar. Não me agradavam aqueles pés no chão movendo corpinhos magros. Qualquer ignorante podia perceber que aquilo não estava certo, nem era vida que se desse aos meninos. Eu saía do botequim, chateado e fatalmente enveredava mal. Encabulação, cachaça, erradas, desnorteava-me no jogo. Um sentimento confuso, uma necessidade enorme de me impingir que não era culpado de nada. Os meninos iam magros porque iam. Culpada era a vila ou alguém ou muitos. Eu também engolia aquele pó, igualmente amassava aquele barro, agüentava aquela vida cinzenta. Podia mudar o quê? Não havia sido um menino como aqueles, pé no chão, desengonçado? Nos dias de chuva eu não me encolhia nessas ruas feito um pardal molhado? Sem eira nem beira. Eu tinha culpa de quê?

Minutos de espera, o que me sobrou foi tédio e raiva. Onde se viu uma linha de ônibus tão relaxada? E ainda querem aumento de tarifas... é, barriga está cheia, goiaba tem bicho. Abandono a idéia do ônibus, vou a pé. Passo o pontilhão, entro pela rua do quartel. Uma das sentinelas encosta-se a uma prostituta num canto do portão, que a iluminação parca não abrange. Quartel intendente. Meretrício logo ali. E depois a gente vê na televisão, ouve no rádio, homens de farda falando em moral de costumes. E mostram bossa.

– Quartel indecente! – gracejei comigo.

Quando os passei de largo, pararam com a safadeza. O praça olhou para o chão, esperando a minha ida.

Quis seguir estrada, o atalho me surpreendeu. Uns dez minutos e estaria na vila. Sapos nas pocinhas das beiradas do campo de futebol. Até há pouco, aquilo era do futebol da molecada. Indústrias querem surgir acompanhando a estrada de ferro, acompanhando tudo, provavelmente serão usinas de concreto. Várzea escura, breu. Meu pai disse-me que, quando menino na Europa, transpunha vales escuros, para pastoreio, onde lobos uivavam. Aqui há mosquitos e fartum do curtume próximo. Luzes ao longe, luzes da serraria. Posso caminhar olhando-as. Às vezes, faço de conta que são guias, que eu sigo para alcançar a vila. Pena não encontrar Carlinhos, não estaria tateando este breu.

– Quartel indecente!

Chego. Sapatos cheios de pó, sapatos cheios de pó, vivem sempre empoeirados. Porcaria de vila! Para a cama a esta hora, asneira. Estava, ficava até mais tarde. Gente povoava o largo do correio. Entrei no Bar e Café Colombo. No fundo havia sinuca, pedi café, me fui encostando. Uns me reconheceram. Outros reconheceram e fizeram que não. Sujeitos bestas, muita vez um terno a mais, um tico de ordenado a mais e torcem o nariz. Arrogância besta.

– Sujeitos bestas – digo baixinho, para justificar-me de que estou acima deles.

Logo caio em mim, reconheço que sou pobre-diabo como os que jogam. Como reconheço que já vivi disto e eles não. Cada um no seu emprego.

– Vinte-e-um, Gazuza?

O mulato meneou a cabeça. Aquele sim, um bicho, mas sabe o que é e não é balão.

– Aberto, cinqüenta a mão.

– Posso entrar?

Os quatro se entreolharam. Também a sentinela e a maloqueira entreolharam-se quando apareci. Na várzea havia mosquitos bravos, não lobos. Um tipo musculoso mediu-me de soslaio, tinha a camisa apertando braços enormes, uma cara enorme, um queixo enorme, de gringo. Talvez quisesse jogar. Se quisesse, que fosse dizendo. Polidez com essa gente é tempo perdido.

– Vai, entra. Tira pedra.

Desatei o paletó, acendi um cigarro, escolhi taco, peguei num giz.

– Seu Neves, me dá cachaça grande.

– Em cima do café?

– Ahn?

– Puxa, não ouviu? Disse três vezes.

– Ahn... sim.

Chateado, escorando-me ao taco, esperando a vez. Um gole. Esperei que ardesse na garganta. O modelo do cartaz tinha dentes tão brancos, teria pernas mornas, brancas. Talvez, nesta vida besta jamais estarei com uma mulher como aquela. É. Nunca conhecerei. O mundo para mim não tem dado voltas, rolado como dizem alguns. Sempre as mesmas tiradas. Meus sapatos furam-se, os ternos estragam-se, continuo o mesmo sujeito. Escritório, taxa de colégio, irmã galinha. Vida xepe, porcaria!

Tanto preparei o postal... queria tanto rever o excelente Carlos! Não tenho jeito para escrever, mas vá lá. "Vai pras cabeças!" – como se diz cá na sinuca. Escrevi. As redações da escola... na escola sabem é falar de verbos e casos do infinitivo. Servem-me bem pouco. Falando sou um sujeito como esses marreteiros que por aí vivem. Palavrão. Perífrase. Gesticulação de gringo. Pago um dinheirão de taxa.

Vejam a branca... Se caísse, eu teria um sete e um cinco de boca. Cinco e sete: doze. Doze com pedra nove, faria os vinte-e-um e faria os duzentos cruzeiros. Um sujeito bateu a rodada, agora. E eu tinha bom jogo! Diabo de branca, por que não era minha vez? Meto a mão no bolso, enfio a cédula na caçapa. Saio para outra.

– Por que não arranjo uma namorada?

Que maluquice de idéia de namorada é essa, que hoje me anda na cabeça! Aqueles ingleses do escritório deviam aturar desaforo, para saberem o que é vida. Aturar desaforos. Figurões que se agrupam, vêm para cá, moram em palacetes, aqui encontram bobos a servirem-lhes em idioma e escrita. Sou um deles. O que sei aí está – língua estrangeira para servir a estrangeiros. E ganhar seis contos por mês. Para que eu viva é preciso tanto. Se descambo para a vida do joguinho, a família rezadeira me atinge com a moral. Para os ingleses do escritório, tudo fácil, escolhido, arrumadinho, asseadinho. Ainda espiam gravatas. Ratos!

A branca subia, descia, nada de minha vez chegar. Seu Neves olhava-me entediado. Tristeza aquela profissão de suportar bêbado. Seu Neves tem uma história triste e eu não gosto de lembrar. Entretanto, é apenas uma história como outras aqui da vila, que é rodeada de fábricas e em que não existe uma só rua asfaltada, em que há algumas dezenas de bares, três igrejas, um grupo escolar. O resto é o casario imundo e descorado com seus esgotos nas ruas. Até um ignorante como eu gostaria que lhe explicassem porque pessoas que trabalham hão de viver assim.

Olhem seu Neves. Brigado com a mulher que o engana, suporta a sem-vergonha, porque tem filha moça dentro de casa. Como pode uma mulher fazer uma coisa dessas a um sujeito como seu Neves? Eu não entendo. Seco, fala pouco, fuma calado, não entende futebol, não tem opinião. Às vezes, penso que é um homem que morreu já faz muito tempo e está neste mundo nem sei para quê. Talvez para agüentar bêbado ou ser corno manso.

Caiu a branca. Minha vez. O álcool rondava-me a cabeça. Terceiro, quarto copo, nem sei. Uns quarenta minutos ali de pé, repetição de cigarros, pegando no taco de longe em longe. Angústia me vem, cada vez que penso em coisas sérias, quando bebo. Começos de desmaio, muita vez, quando bêbado, penso em coisas sérias; com um estremecimento empurro a idéia de tê-los agora. Lassidão, o amargo começando na boca, a canseira nas coxas e na barriga das pernas. Pedra dez, é fácil, fácil. Deus do céu! Estava ali a deixa. Bola cinco meio difícil, é certo, porém a seis... a um palmo da caçapa. Era só empurrar. Derrubava a rosa, colocava a azul, fechava o jogo. Pagava meu tempo, meia-noite e tanto, ia dormir. Não me agüentava nas pernas.

Mas que jogo triste! Fosse outrora e eu fechava este joguinho num instante. Hoje tremo, cachaça e medo, peço com os olhos para as bolas caírem. Ora, eu fazendo este joguinho sovina de cinqüenta cruzeiros a mão!

– Por que não arranjo uma namorada?

Por que não esqueço duma vez esse negócio de namorada? A cara dura, os beiços duros, a cabeça doendo pela cachaça. Olho a branca, posso fechar o jogo, acabar com a alegria desses parceiros. Não me lembro da cor dos cabelos do modelo de propaganda. Amanhã passo por ali, reparo naquilo. O mundo de dimensões do pano verde de uma mesa de sinuca. Quase bicou o seis, não tropiquei por bem pouco. Estou nervoso, é este medo sem jeito. Os parceiros olham-se, olham-me. Na porretada, a azul. Diabos, não caiu na caçapa em que mirei. Por que veio cair aqui em cima, na sorte? Mal, péssimo. Eu não queria na sorte. Vejam a que meu jogo ficou reduzido. Sujo, é só sujeira, só me encontrando na sorte. Vou é para a casa.

Atenazado, mergulho a cabeça na bacia. Faço a ablução aos poucos, fazendo a água escorrer aos poucos... Os olhos pesam. As mãos ásperas de giz, os olhos estão miúdos. Muito sono, muito urgente é dormir, luz apagada, travesseiro, solidão, nada... Amanhã, curtir bebedeira. Cara inchada, olhos inchados, beiços duros. Amanhã, saia sol ou não, os óculos escuros, ninguém perceberá os olhos inchados.

Aborrecimento sem motivo. Para final, não vi o excelente Carlinhos, vi as pernas brancas da irmã, ganhei trezentos cruzeiros (tirante o tempo), deixei o postal, desertei uma noite das ocupações domésticas.

Mas amanhã, a repetição dos relatórios. Meus olhos viajarão do teclado aos corpos taludos dos homens da sacaria. E nas paredes brancas do escritório, balbúrdia, persianas entreabertas, ingleses a perambular.

Meninão do Caixote

Fui o fim de Vitorino. Sem Meninão do Caixote, Vitorino não se agüentava.

Taco velho quando piora, se entreva duma vez. Tropicava nas tacadas, deu-lhe uma onda de azar, deu para jogar em cavalos. Não deu sorte, só perdeu, decaiu, se estrepou. Deu também para a maconha, mas a erva deu cadeia. Pegava xadrez, saía, voltava...

E assim, o corpo magro de Vitorino foi rodando São Paulo inteirinho, foi sumindo. Terminou como tantos outros, curtindo fome quietamente nos bancos dos salões e nos botecos.

Na rua vazia, calada, molhada, só chuva sem jeito; nem bola, nem jogo, nem Duda, nem nada.

Quando papai partiu no G.M.C., apertei meu nariz contra o vidro da janela, fiquei pensando nas coisas boas de Vila Mariana. Eram muito boas as coisas de Vila Mariana. Carrinho de rodas de ferro (carrinho de rolemã, como a gente dizia), pelada todas as tardes, papai me levava no caminhão... E eu mais Duda íamos nadar todos os dias na lagoa da estrada de ferro. Todos os dias, eu mais Duda.

A gente em casa apanhava, que nossas mães não eram sopa e com mãe havia sempre uma complicação. A camisa meio molhada, os cabelos voltavam encharcados, difícil disfarçar e a gente acabava apanhando. Apanhava, apanhava, mas valia. Puxa vida! A gente tirava a roupa inteirinha, trepava no barranco e "tchibum" – baque gostoso do corpo na água. Caía aqui, saía lá, quatro-cinco metros adiante. Ô gostosura que era a gente debaixo da água num mergulhão demorado!

Agora, na Lapa, numa rua sem graça, papai viajando no seu caminhão, na casa vazia só os pés de mamãe pedalavam na máquina de costura até a noite chegar. E a nova professora do grupo da Lapa? Mandava a gente à pedra, baixava os olhos num livro sobre a mesa. Como eu não soubesse, o tempo escorria mudo, ela erguia os olhos do livro, mandava-me sentar. Eu suspirava de alívio.

É. Mas não havia acabado não. À saída, naquele meu quinto ano, ela me passava o bilhete, que eu passaria a mamãe.

– Trazer assinado.

Coisas horríveis no bilhete, surra em casa.

Se Duda estivesse comigo eu não estaria bobeando, olhando a chuva. A gente arrumaria uns botões, eu puxaria o tapete da sala, armaria as traves. Duda, aquele meu primo, é que era meu. Capaz de fazer trinta partidas, perder as trinta e não havia nada. Nem raiva, nem nada. Cocava a cabeça, saía para outra, a gente se entendia e recomeçava. Às vezes, até sorria:

– Você está jogando muito.

Mas agora a chuva caía e os botões, guardados na gaveta da cômoda, apenas lembravam que Duda ficara em Vila Mariana. Agora a Lapa, tão chata, que é que tinha a Lapa? E exatamente numa rua daquelas, rua de terra, estreita e sempre vazia. Havia também uma professora que lia o seu livro e me esquecia abobalhado à frente da lousa. Depois... O bilhete e a surra. É. Bilhete para minha mãe me bater, castigo, surra, surra. E papai que viajava no seu caminhão, e quando viajava se demorava dois-três meses.

Era um caminhão, que caminhão! Um G.M.C. novo, enorme, azul, roncava mesmo. E a carroceria era um tanque para transportar óleo. Não era caminhão simples não. Era carro-tanque e G.M.C. Eu sabia muito bem – ia e voltava transportando óleo para a cidade de Patos, na Paraíba. Outra coisa – Paraíba, capital João Pessoa, papai sempre me dizia.

Mamãe não gostava daquele jeito de papai, jeito de moço folgado, que sai e fica fora o tempo que bem entende. Também não gostava que ele me fizesse todos os gostos, pois, estes ele fazia mesmo. Era só pedir. Papai vivia de brincadeira e de caçoada quando estava em casa, e eu o ajudava a caçoar de mamãe, do que ele muito gostava. Mamãe ia agüentando, agüentando, com aquele jeito calmo que tinha. Acabava sempre estourando, perdia a resignação de criatura pequena, baixinha, botava a boca no mundo:

– Dois palermas! Não sei o que ficam fazendo em casa.

Papai virava-se, achava mais divertido. E sorríamos os dois.

– Ora, o quê! Pajeando a madame.

Eu achava tão engraçado, me assanhava em liberdades não dadas.

– Exatamente.

Então, o chinelo voava. Eu apanhava e papai ficava sério e saía. Ia ver o caminhão, ia ao bar tomar cerveja, conversar, qualquer coisa. Naquele dia não falava mais nem com ela, nem comigo.

Lá em Vila Mariana ouvi uma vez, da boca de uma vizinha, que mamãe era meio velha para ele e era até meio feia. Velha, podia ser. Feia, não. Tinha um corpo pequeno, era baixinha, mas não era feia.

Bem. O que interessa é que papai tinha um G.M.C., um carro-tanque G.M.C., e que enfiava o boné de couro, ajeitava-se no volante e saía por estas estradas roncando como só ele.

Mas agora era a Lapa, não havia Duda, havia era chuva na rua feia e papai estava fora. Lá na cidade de Patos, tão longe de São Paulo... Lá num ponto pequenino, quase fechando na curva do mapa.

– Menino, vai buscar o leite.

Pararam os pés no pedal, parei o passeio do dedo na cartografia, as pernas jogadas no soalho, barriga no chão, onde estirado eu pensava num G.M.C. carro-tanque e no boné de couro de papai. Ergui-me, limpei o pó da calça. Uma preguiça...

– Mas está chovendo...

Veio uma repreensão incisiva. Mamãe nervosa comigo, por que sempre nervosa? Quando papai não estava, os nervos de mamãe ferviam. Tão boa sem aqueles nervos... Sem eles não era preciso que eu ficasse encabulado, medroso, evitando irritá-la mais ainda, catando as palavras, delicado, tateando. Ficava boçal, como quando ia limpar a fruteira de vidro da sala de jantar, aquele medo de melindrar, estragar o que estava inteiro e se faltasse um pedaço já não prestaria mais.

Peguei o litro e saí.

Na rua brinquei, com a lama brinquei. O tênis pisava na água, pisava no barro, pisava na água, pisava no barro, pisava na água, pisava no barro, pisava...

– Dá um litro de leite.

A dona disse que não tinha. Risinho besta me veio aos lábios, porque naquelas ocasiões papai diria: "E fumo em corda não tem?".

O remédio era ir buscar ao Bar Paulistinha, onde eu nunca havia entrado. Quando entrei, a chuvinha renitente engrossou, trovão, trovão, um traço rápido cor de ouro lá no céu. O céu ficou parecendo uma casca rachada. E chuva que Deus mandava.

– Essa não!

Fiquei preso ao Bar Paulistinha. Lá fora, era vento que varria. Vento varrendo chão, portas, tudo. Sacudiu a marca do ponto do ônibus, levantou saias, papéis, um homem ficou sem chapéu. Gente correu para dentro do bar.

– Entra, entra!

O dono do bar convidava com o ferro na mão. Depois desceu as portas, bar cheio, os luminosos se acenderam, xícaras retinindo café quente, cigarros, conversas sobre a chuva.

No Paulistinha havia sinuca e só então eu notei. Pedi uma beirada no banco em volta da mesa, ajeitei o litro de leite entre as pernas.

– Posso espiar um pouco?

Um homem feio, muito branco, mas amarelado ou esbranquiçado, eu não discernia, um homem de chapéu e de olhos sombreados, os olhos lá no fundo da cara, braços finos, tão finos, se chegou para o canto e largou um sorriso aberto:

– Mas é claro, garotão!

Fiquei sem graça. Para mim, moleque afeito às surras, aos xingamentos leves e pesados que um moleque recebe, aquela amabilidade me pareceu muita.

O homem dos olhos sombreados, sujeito muito feio, que sujeito mais feio! No seu perfil de homem de pernas cruzadas, a calça ensebada, a barba raspada, o chapéu novo, pequeno, vistoso, a magreza completa. Magreza no rosto cavado, na pele amarela, nos braços tão finos. Tão finos que pareciam os meus, que eram de menino. E magreza até no contorno do joelho que meus olhos adivinhavam debaixo da calça surrada.

Seus olhos iam na pressa das bolas na mesa, onde ruídos secos se batiam e cores se multiplicavam, se encontravam e se largavam, combinadamente. A cabeça do homem ia e vinha. Quando em quando, a mão viajava até o queixo, parava. Então, seguindo a jogada, um deboche nos beiços brancos ou uma aprovação nos dedos finos, que se alongavam e subiam.

– Larga a brasa, rapaz!

A mão subia, o indicador batia no médio e no ar ficava o estalo.

Aquela fala diferente mandava como nunca vi. Picou-me aquela fala. Um interesse pontudo pelo homem dos olhos sombreados. Pontudo, definitivo. O que fariam os dedos tão finos e feios?

– Larga a brasa, rapaz!

Quando o jogo acabou o homem estava numa indignação que metia medo. Deu com o dedo na pala e se levantou.

– Parei com este jogo!

Eu já não entendia – aquilo se jogava a dinheiro. Bem. E por que ele dava o dinheiro se não havia jogado?

– Ô Vitorino, você quer café?

Um outro que o chamava, com o mesmo jeito na fala.

Vitorino. Para mim, o nome era igualzinho à pessoa. Duas coisas nunca vistas e muito originais. O homem dos olhos sombreados sorriu aberto. A indignação foi embora nos dentes pretos de fumo. O homem na sua fala sorriu e foi para o companheiro que o chamava, lá da ponta do balcão. Falou como se fizesse uma arte:

– Ô adivinhão!

Um prédio velho da Lapa-de-baixo, imundo, descorado, junto dos trilhos do bonde. À entrada ficavam tipos vadios, de ordinário discutindo jogo, futebol e pernas que passavam. Pipoqueiro, jornaleiro, o bulício da estrada de ferro. A entrada era de um bar como os outros. Depois o balcão, a prateleira de frutas, as cortinas. Depois das cortinas, a boca do inferno ou bigorna, gramado, campo, salão... Era isso o Paulistinha.

As tardes e os domingos no canto do banco espiando a sinuca. Ali, ficar quieto, no meu canto, como era bom!

Partidas baratas e partidas caras. Funcionavam supetões, palpitações e suor frio. Sorrisos quietos, homens secos, amarelos, pescoços de galinha, olhos fundos nas caras magras. Aqueles não dormiam, nem comiam. E o dinheiro na caçapa parecia vibrar também, como o taco, como o giz, como os homens que ali vibravam. Picardia, safadeza, marmeladas também. O jogo enganando torcidas para coleta das apostas.

Vitorino era o dono da bola. Um cobra. O jeito camarada ou abespinhado de Vitorino, chapéu, voz, bossa, mãos, seus olhos frios medidores. O máximo, Vitorino. No taco e na picardia.

Saía, fazia que ia brincar. Ficava lá no meu canto, procurando compreender. Os homens brincavam:

– Ô meninão!

Eu sorria, como que recompensado. Aquele dera pela minha presença. Um outro virava-se:

– Ô meninão, você está aí?

Meninão, meninão, meu nome ficou sendo Meninão.

Os pés de mamãe na máquina de costura não paravam.

Para mim, Vitorino abria uma dimensão nova. As mesas. O verde das mesas, onde passeava sempre, estava em todas, a dolorosa branca, bola que cai e castiga, pois, o castigo vem a cavalo.

Para mim, moleque fantasiando coisas na cabeça...

Um dia peguei no taco.

Joguei, joguei muito, levado pela mão de Vitorino, joguei demais.

Porque Vitorino era um bárbaro, o maior taco da Lapa e uma das maiores bossas de São Paulo. Quando nos topamos Vitorino era um taco. Um cobra. E para mim, menino que jogava sem medo, porque era um menino e não tinha medo, o que tinha era muito jeito, Vitorino ensinava tudo, não escondia nada.

Só joguei em bilhares suburbanos onde a polícia não batia, porque era um menino. Mas minha fama correu, tive parceirinhos que vinham, vinham de muito longe à Lapa para me ver. Viam e se encabulavam. E depois carregavam nas apostas. Fama de menino-absurdo, de máximo, de atirador, de bárbaro. Eu jogando, as apostas corriam, as apostas cresciam, as apostas dobravam em torno da mesa. E os salões se enchiam de curiosos humildes, quietos, com os olhos nas bolas. Era um menino, jogava sem medo.

Eu era baixinho como mamãe. Por isso, para as tacadas longas era preciso um calço. Pois havia. Era um caixote de leite condensado que Vitorino arrumou. Alcançando altura para as tacadas, eu via a mesa de outro jeito, eu ganhava uma visão! Porque não se mostrasse, meu jogo iludia, confundia, desnorteava. Muitos não acreditavam nele. Também por isso rendia... E desenvolvia um jogo que enervava um santo. Jogo atirado, incisivo, de quem emboca, emboca, mas o jogo não aparece no começo. Vai aparecer no fim da partida, depois da bola três, quando não há mais jeito para o adversário. As apostas contrárias iam por água abaixo.

Porque me trepasse num caixote e porque já me chamassem Meninão...

Meninão do Caixote... Este nome corre as sinucas da baixa malandragem, corre Lapa, Vila Ipojuca, corre Vila Leopoldina, chega a Pinheiros, vai ao Tucuruvi, chegou até Osasco. Ia indo, ia indo. Por onde eu passava, meu nome ficava. Um galinho de briga, no qual muitos apostavam, porque eu jogava, ia lá ao fogo do jogo e trazia o dinheiro.

Lá ia eu, Meninão do Caixote, um galinho de briga. Um menino, não tinha quinze anos.

Crescia, crescia o meu jogo no tamanho novo do meu nome.

Tacos considerados vinham me ver, vinham de longe, namoravam a mesa, conversavam comigo, passavam horas espiando o meu jogo. Eu sabia que me estudavam, para depois virem. Viessem... Eu andava certo como um relógio. Não me afobava, Vitorino me ensinou. A gente joga para a gente, a assistência que se amole. E meu jogo nem era bonito, nem era estiloso, que eu jogava para mim e para Vitorino. O caixote arrastado para ali, para além, para as beiradas da mesa.

Minha vida ferveu. Ambientes, ambientes do joguinho. No fundo, todos os mesmos e os dias também iguais. Meus olhos nas coisas. O trouxa, a marmelada, o inveterado, traição, traição.

Ô Deus, como... por que é que certos tipos se metiam a jogar o joguinho? Meus olhos se entristeciam, meus olhos gozavam. Mas havendo entusiasmo, minha vida ferveu. Conheci vadios e vadias. Dei-me com toda a canalha. Aos catorze, num cortiço da Lapa-de-baixo conheci a primeira mina. Mulatinha, empregadinha, quente. Ela gostava da minha charla, a gente se entendia. Eu me lembro muito bem. Às quintas-feiras, quatro pancadas secas na porta. Duas a duas.

Na sinuca, Vitorino e eu, duas forças. Nas rodas do joguinho, nas curriolas, apareceu uma frase de peso, que tudo dizia e muito me considerava.

– Este cara tá embocando que nem Meninão do Caixote!

Combati, topei paradas duras. Combati com Narciso, com Toniquinho, Quaresmão, Zé da Lua, Piauí, Tiririca (até com Tiririca!), Manecão, Taquara, com os maiores tacos do tempo, nas piores mesas de subúrbio, combati e ganhei. Certeza? Uma coisa ia comigo, uma calma, não sei. Eles berravam, xingavam, cantavam, eu não. Preso às bolas, só às bolas. Ia lá e ganhava.

Umas coisas já me desgostavam.

Jogava escondido, está claro. Brigas em casa, choro de mamãe. Eu não levantava a crista não. Até baixava a cabeça.

– Sim senhora.

Mas a malandragem continuava, eu ia escorregando difícil, matando aulas, pingando safadezas. O colégio me enfarava, era isto. Não conseguia prender um pensamento, dando de olhos nos companheiros entretidos com latim e matemática.

– Cambada de trouxas!

Dureza, aquela vida: menino que estuda, que volta à casa todos os dias e que tem papai e tem mamãe. Também não era bom ser Meninão do Caixote, dias largado nas mesas da boca do inferno, considerado, bajulado, mandão, cobra. Mas abastecendo meio mundo e comendo sanduíche, que sinuca é ambiente da maior exploração. Dava dinheiro a muito vadio, era a estia, gratificação que o ganhador dá. Dá por dar, depois do jogo. Acontece que quem não dá, acaba mal. Não custa à curriola atracar a gente lá fora.

Vitorino era meu patrão. Patroou partidas caríssimas, partidas de quinhentos mil réis. Naquele tempo, quinhentos mil réis. Punha-me o dinheiro na mão, mandava-me jogar. Fechava os olhos que o jogo era meu. E era.

– Vai firme!

Às vezes, jogo é jogo, a vantagem do adversário era enorme. E havia três bolas na mesa. Apenas. O cinco, o seis e o sete. Meus olhos interrogavam os olhos sombreados de Vitorino. Sua mão subia no velho gesto, o indicador batendo no médio e no ar ficava o estalo. Enviava:

– Vai pras cabeças! Belisca esse homem, Meninão! – e eu beliscava, mordia, furtava, tomava, entortava, quebrava.

Vitorino era o patrão, eu ganhava, dividíamos a grana.

Aquilo. Aquilo me desgostava. Ô divisão cheia de sócios, de nomes, de mãos a pegarem no meu dinheiro!

Por exemplo: ganhava um conto de reis. Dividia com Vitorino, só me sobravam quinhentos. Pagava tempo e despesas, já eram só quatrocentos. Dava estia ao adversário: lá se iam mais dez por cento – só me sobravam trezentos. Dez por cento sobre um conto. Dava mais alguma estia... Ganhava um conto de reis, ficava só com duzentos.

Estava era sustentando uma cambada, sustentando Vitorino, seus camaradas, suas minas, seus...

–Um dia mando tudo pra casa do diabo.

Não mandava ninguém. Vitorino trocava as bolas, mexia os pauzinhos, fazia negaça, eu aceitava a sua charla macia.

Uma vez, quebrando Zé da Lua, jogador fino, malandro perigoso da caixeta, do baralho e da sinuca, eu ouvi esta, depois de ganhar dois contos:

– Meu, neste jogo não tem malandro.

E eu ia aprendendo – o joguinho castiga por princípio, castiga sempre, na ida e na vinda o jogo castiga. Ganhar ou perder, tanto faz.

Tinha juízo aquele Zé da Lua.

O jogo acabava, eu pegava os duzentos mil réis, tocava para casa. Ia murcho. Haveria briga com mamãe.

Jogo e minas.

E papai estando fora, eu já fazia madrugada, resvalando, sorrateiro. Eu evoluí um truque para a janela do meu quarto em noite alta eu chegando. Meter o ferro enviesado, por fora; destravar o fecho vertical...

Mamãe me via chegar, e às vezes, fingia não ver. Depois, de mansinho, eu me deitava. E depois vinha ela e eu fingia dormir. Ela sabia que eu não estava dormindo. Mas mamãe me ajeitava as cobertas e aquilo bulia comigo. Porque ia para o seu canto, chorosa.

Mamãe, coitadinha.

Larguei uma, larguei duas, larguei muitas vezes o joguinho.

Entrava nos eixos. No colégio melhorava, tornava-me outro, me ajustava ao meu nome.

Vitorino arrumava um jogo bom, me vinha buscar. Eu desguiando, desguiando, resistia. Ele dando em cima. Se papai estava fora, eu acabava na mesa. Tornava à mesa com fome das bolas, e era uma piranha, um relógio, um bárbaro. Jogando como sabia.

Essas reaparições viravam boato, corriam os salões, exageravam um Meninão do Caixote como nunca fui.

Vitorino, traquejado. Começava a exploração. Eu caía, por princípio; depois explodia, socava a mesa:

– Este joguinho de graça é caro!

Fechava a mão, batia e jurava em cima da mesa.

Mamãe readquiria seu jeito quieto, criatura miúda. Os pés pequenos voltavam a pedalar descansados.

Tiririca, o grande Tiririca, elas por elas, era quase taco invicto antes do meu surgimento. E não parava jogo perdendo, empenhava o relógio, anel, empenhava o chapéu, mas o jogo não parava. Ficava fervendo, uma raiva presa, que o deixava fulo, branco, furta-cor... Os parceirinhos gozavam à boca pequena.

– O bicho tá tiririca.

Ficou se chamando Tiririca.

Mas era um grande taco. Perdendo é que era grande. Mineiro, mulato, teimoso, tanta manha, quanta fibra. Um brigador. Um dos poucos que conheci com um estilo de jogo. Bonito, com puxadas, com efeitos, com um domínio da branca! Classe. Joguinho certo, ô batida de relógio, aparato, fantasia, cadência, combinação, ô tacada de feliz acabamento! A sua força eram as forras. Os revides em grande estilo. Porque para Tiririca tanto fazia jogar uma hora, doze horas ou dois dias. O homem ficava verde na mesa, curtia sono e curtia fome, mas não dava o gosto.

– O jogo é jogado, meu.

Levava a melhor vida. Vadiava, viajava, tinha patrões caros, consideração dos policiais. E se o jogo minguava, Tiririca largava o taco e torcia o nariz com orgulho:

– Eu tenho meus bons ofícios.

Ia trabalhar como poceiro.

Bem. Tiririca se encabulou comigo, estrebuchou, rebolou comigo durante sete horas e perdeu. Tudo. Empenhou o paletó por cinqüenta mil réis e perdeu.

– Esse moleque não é Deus!

Bem. Voltava agora, com a sede e o dinheiro, exigindo o reencontro, prometendo me estraçalhar.

– Quero a forra.

Vitorino me buscou. Eu não queria mais nada.

Do lado de lá da rua, em frente ao colégio, Vitorino estava parado. Passavam ônibus, crianças, passavam mulheres, bondes, Vitorino ficava. Dois meses sem vê-lo e ele era o mesmo. Eu lhe explicaria bem devagar que não queria mais nada com o joguinho. As coisas passavam de novo, Vitorino ficava. Ficava, ficava. Seu chapéu, suas mãos, sua camisa sem gravata. Magro, encardido, trapo, caricatura. Desguiei, busquei um modo:

– Não dá pé.

Vitorino cortou com um agrado rasgado. Como escapar àquele raio de simpatia e à fala camarada? Vitorino tinha uma bossa que não acabava mais! Afinal, cedi para bater um papo. Afinal, entre tacos...

– Nêgo, não dá pé.

Tiririca. A conversa já mudou. O malandro em São Paulo, querendo jogo comigo, aquilo me envaidecia... Tiririca me procurando.

Mas caí no meu tamanho, afrouxei, quase três meses sem pegar no taco, fora de forma, uma barata tonta, não daria mais nada.

– Que nada, meu!

Tiririca era um perigoso. Deveria estar tinindo.

– Mas você é a força!

Vitorino já me conhecia, agüentava, agüentava. Até que eu:

– Pois vou!

Ele se abriu no macio rebolado:

– Aí, meu Meninão do Caixote!

Era um domingo.

Dia claro, intenso, desses dias de outubro. Um sol... Desses dias de São Paulo, que ninguém precisa dizer que é domingo. Inesperados, dadivosos, e no entanto, malucos – costumam virar duma hora para outra.

O último jogo. O jogo era em Vila Leopoldina, que assim marcou Tiririca. No ônibus uma coisa ia comigo. Era o último, perdesse ou ganhasse. Bem falando, eu não queria nem jogar, ia só tirar uma cisma, quebrar Tiririca duma vez, acabar com a conversa. Não por mim, que eu não queria jogo. Mas pelo gosto de Vitorino, da curriola, não sabia. Saltei na rua de terra.

Ninguém precisava dizer que aquilo era um domingo...

– Ô Meninão do Caixote!

Na manhã quente, um que me saudava. Cobra já conhecido e muito considerado, eu encontrava nos bilhares, amigos de muitos lados.

Prometera voltar em casa para o almoço. Claro que voltaria. Tiririca era duro, eu sabia. Deixá-lo. Eu lhe quebraria a fibra. Fibra, orgulho, teima, eu mandaria tudo para a casa do diabo. Já havia mandado uma vez...

A curriola estava formada quando o jogo começou.

O salão se povoou, se encheu, ferveu. Gente por todo o canto, assim era quando eu jogava e os homens carregavam apostas entre si. O dono do bar me sorria, vinha trazer o giz americano, vinha me adular. Eu cobra, mandão. As mãos de Vitorino atiçavam.

– Larga a brasa, Meninão! Dá-lhe, Meninão! Vamos deixar esse cara duro, durinho. De pernas pro ar!

Desacatos fazem parte da picardia do jogo. E na encabulação e no desacato Vitorino era professor.

Mas Tiririca estava terrível. Afiado, comendo as bolas, embocando tudo, naquele domingo estava terrível. Contudo, na sinuca eu trazia uma coisa comigo. Mais jogasse o parceirinho, mais eu jogaria. Uma vontade desesperada me crescia, me tomava por inteiro e eu me aferrava. Jogava o jogo. Suor, apertava os beiços e me atirava. Não queria saber de mais nada. Então, era um relógio, um bárbaro no fogo do jogo, não havia mais taco para mim. E se o jogo era mole eu também me afrouxava.

Tiririca era um sujeito de muito juízo. Mas na velha picardia, eu lhe fui mostrando aos poucos os meus dentes de piranha. E quando o mulato quis embalar o jogo a linha de frente era minha.

Uma e meia no relógio do bar e eu pensei em mamãe. Ali, rodando a mesa, o caixote para aqui, para ali, como as horas voavam!

Começamos, por fim, as partidas de um conto.

Fui ao mictório, urinei, lavei a cara. Lavando aos poucos, molhando as pálpebras, deixando a água escorrer. Pensei com esperança em liquidar logo aquele jogo; mamãe estaria esperando.

Voltei, ajeitei o caixote. A curriola me olhava. Assim, sempre assim, os olhos abotoados na gente, tudo para enervar. Raiva daquele jogo não acabar duma vez. Passei giz americano no taco.

– A saída é minha.

Como aquilo se prolongava e como era dolorido! Ganhei uma, ganhei duas, Tiririca estava danado.

– Vai a dois contos! Se eu perder, paro o jogo.

Tiririca parar o jogo? Parava nada, aquele não parava. Perdia as cuecas, perdia os cabelos, mas o jogo não parava.

No entanto, daquela mão, o mineiro já estava quebrado, sem nada, quebradinho. Arriscando os últimos. Vitorino sério, firme, de pé, era muito dinheiro numa partida. E se o jogo virasse?... A força de Tiririca eram as forras.

Suspirei, alívio, suor frio, luz da esperança. Luz da certeza, que o jogo era meu! Estourei num entusiasmo bruto, que a curriola se espantou. Minha mão se fechou no ar e o indicador quase espetava o peito de Tiririca.

– Vou te quebrar, moço. Vou te roubar depressinha!

O mineiro dissimulava a raiva:

– O jogo é jogado...

Puxei o caixote, ajeitei, giz no taco, bastante giz, giz americano, do bom. E saí pela bola cinco!

Uma saída maluca, Vitorino reprovou. Mas o cinco caiu. Vitorino suspirou:

– Que bola!

A curriola se assanhou, cochichos, apostas se dobravam.

Elogiado, embalado, joguei o jogo. Joguei o máximo, na batida em que ia, Tiririca nem teria tempo de jogar, que eu ia fechar o jogo, acabar com as bolas. Ia cantando os pontos:

– Vinte e seis.

A curriola estava boba. O dono do bar parado, na mão um litro vazio de boca para baixo. Vitorino saltou da cadeira, açambarcou todas as alegrias do salão, virou o dono da festa. Numa agitação de criança, erguia o braço magrelo.

– Este bichinho se chama Meninão do Caixote!

Tiririca estatelado, escorava-se ao taco. Batido, batidinho. Uma súplica nos olhos do malandro, quando a bola era lenta e apenas deslizava mansinha, no pano verde. Tiririca perdia a linha:

– Não cai, morfética!

A bola caía. Eu ia embocando e cantando:

– Setenta e um...

Duas bolas na mesa – o seis e o sete. Dei de olhos na colocação da branca, nas caçapas, nas tabelas, e me atirei. Duas vezes meti o seis e o sete meti duas vezes. Fechei a partida com noventa pontos; foram vinte minutos embocando bolas, um bárbaro, embocando, contando pontos e Tiririca não teve chance. Ali, parado, olhando, o taco na mão.

O jogo acabou. Primeiras discussões em torno da mesa, gabos, trocas de dinheiro.

Vinha chorosa de fazer dó. Mamãe surgindo na cortina verde, vinha miudinha, encolhida, trazendo uma marmita. Não disse uma palavra, me pôs a marmita na mão.

– O seu almoço.

Um frio nas pernas, uma necessidade enorme de me sentar. E uma coisa me crescendo na garganta, crescendo, a boca não agüentava mais, senti que não agüentava. Ninguém no meu lugar agüentaria mais. Ia chorar, não tinha jeito.

– Que é? Que é isso? Ô Meninão!

Assim me falavam e ao de leve, por trás, me apertavam os braços. Se foi Vitorino, se foi Tiririca, não sei. Encolhi-me.

O choro já serenando, baixo, sem os soluços. Mas era preciso limpar os olhos para ver as coisas direito. Pensei, um infinito de coisas batucaram na cabeça. As grandes paradas, dois anos de taco, Taquara, Narciso, Zé da Lua, Piauí, Tiririca... Tacos, tacos. Todos batidos por mim. E agora, mamãe me trazendo almoço... Eu ganhava aquilo? Um braço me puxou.

– Me deixa.

Falei baixo, mais para mim do que para eles. Não ia mais pegar no taco. Tivessem paciência. Mas agora eu estava jurando por Deus.

Larguei as coisas e fui saindo. Passei a cortina, num passo arrastado. Depois a rua. Mamãe ia lá em cima. Ninguém precisava dizer que aquilo era um domingo... Havia namoros, havia vozes e havia brinquedos na rua, mas eu não olhava. Apertei meu passo, apertei, apertando, chispei. Ia quase chegando.

Nossas mãos se acharam. Nós nos olhamos, não dissemos nada. E fomos subindo a rua.

Malagueta, Perus e Bacanaço

Lapa

O engraxate batucou na caixa mostrando que era o fim.

Bacanaço se levantou, estirou uma nota ao menino. Os olhos dançaram no brilho dos sapatos, foram para as cortinas verdes.

Vestido de branco, com macio rebolado, Bacanaço se chegou:

– Olá, meu parceirinho! Está a jogo ou está a passeio?

O menino Perus encolheu-se no blusão de couro. Os dedos de Bacanaço indo, vindo, atiçando. Desafiavam.

– Está a jogo ou a passeio?

Calado. O anelão luzia no dedo do outro e o apequenava, largava-o de olhos baixos, desenxabido. O menino Perus chutou para longe uma ponta de cigarro, arreou no banco lateral. Três dedos enfiaram-se nos cabelos.

– Que nada! Tou quebrado, meu – os dedos voltaram a descansar nos joelhos.

Avistavam-se todas as tardes, acordados há pouco ou apenas mal dormidos. Dois tacos conhecidos e um amigo do outro não pretendem desacato sério. Os desafios goram, desembocam num bom entendimento. Perus e Bacanaço, de ordinário, acabavam sócios e partiam. Então, conluiados, nem queriam saber se estavam certos ou errados. Funcionavam como parelha fortíssima, como bárbaros, como relógios. Piranhas. Lapa, Pompéia, Pinheiros, Água Branca... Ou em qualquer muquinfo por aí, porque todo muquinfo é muquinfo, quando se joga o joguinho e se está com a fome. Negaça, marmelo, trapaça, quando iam os dois. Um, o martelo; o outro era o cabo.

Mas se cumprimentavam aos palavrões. Quando se topavam, por malandragem ou negaça do joguinho, se encaravam. Picardia. E quem não soubesse diria que acabariam se atracando. Um querendo comer o outro pela perna, dizendo desconsiderações.

Chegava-lhes depois um risinho safado empurrando-lhes a gana para bem longe. Já não se estranhavam. Faziam sociedade, canalhas igualmente, catavam juntos as virações nas rodas do joguinho.

Àquela tarde, tinham manha, tinham charla, boquejavam a prosa mole... Mas por umas ou por outras estavam sem capital. Os dois quebrados, quebradinhos. Sem dinheiro, o maior malandro cai do cavalo e sofredor algum sai do buraco. Esperar maré de sorte? A sorte não gosta de ver ninguém bem.

A curriola parada naquele salão da Lapa. Jogo nenhum. Safados por todos os cantos. Magros, encardidos, amarelos, sonolentos, vagabundos, erradios, viradores. Tanto sono, muita gana, grana pouca ou nenhuma naquela roda de sinuca. A roda fica mais triste sem o jogo. Magros, magros. Pescoços de galinha.

Bacanaço abanou a cabeça.

– Tão só na boca de espera, mora. Aqui é tudo lixo.

Então, enquanto otários não surgiam, jogo bom não aparecia e a noite não chegava, Perus e Bacanaço brincaram. Com a boca e com as pernas, indo e vindo e requebrando, se fazendo de difíceis, brincaram. Desconsideradamente, nenhum golpe. As pernas ao de leve se tocavam e se afastavam, não se entrelaçando nunca, que aquilo era brincar.

A curriola veio se encostando.

Atiçou-se o rebolado dos dois corpos magros se relando e Bacanaço vibrou. Aquele menino Perus se mexia, esperteza e marotagem, se esgueirando e escapulindo como um susto. "Vou podar este menino", considerou Bacanaço.

Do bolso traseiro da calça já veio aberta a navalha.

– Entra, safado.

Perus estatelou, guardou-se no blusão de couro. O antebraço cobriu a cara, os olhos firmaram.

A curriola calada.

Mas Bacanaço sorriu, que aquilo era brincar.

Durão veio pedir, que o dono do bar pedia. Parassem com aquilo, que aquilo não abria futuro, havia navalha, se os tiras aparecessem... Durão, no seu avental encardido e na sua vontade frouxa de ordem, que ajeitava, maneiro. Dessem juízo. O dono do bar pedia.

Bacanaço meteu as mãos no bolso, estirou o beiço. Sacou a mão, o polegar dobrou-se para trás, flechou o balcão:

– O *mister* aí da casa não quer batifundo, mora.

E brincaram mais um tanto, que a vontade não passara. Durão fez um barulho com a boca, descoroçoado, se foi com xícaras de café na mão.

Duma feita se aquietaram, já não querendo mais nada. Suados, procuraram o banco lateral, ajeitaram-se de pernas abertas. Jogar palitinho, contar façanha ou casos com nomes de parceiros, conluios, atrapalhadas, tramóias, brigas, fugas, prisões... Lembraram Sorocabana.

Ali, naquele salão enorme, não fazia uma semana.

O salão era na Lapa, era o velho Celestino, treze mesas, jogos bons, parceirinhos coiós. Catava-se ali muito trouxa de subúrbio, motoristas, operários, mascates, homens de sacaria, gente da estrada de ferro. Havia parceirões temporários. Bem. Não fazia uma semana, naquela boca do inferno apareceu Sorocabana, largando ali, numa semana, pouco mais de vinte contos. Quem ganhou foi Bacalau, com aquele seu jeito de sonso, na batida velha de quem não quer nada e joga só por jogar. Deu açúcar ao freguês e ele veio depressinha. Então, Bacalau mordeu. Comia o homem, comendo de gosto. Quando a semana findou, o malandro fingiu dó e aplicou a dissimulada – deu uma estia de cinco contos a Sorocabana. Pelo certo, na regra da sinuca, a gratificação de consolo previa apenas três contos e, bem considerando, não chegava nem a três. Dez por cento sobre o perdido é a estia. E Bacalau dando cinco contos... Mas Bacalau era um perigoso e tinha juízo, fintava na charla, mexia os pauzinhos.

É que Sorocabana, trouxa, coió-sem-sorte, andava esbagaçando um salário-prêmio recebido pelos vinte anos de trabalho efetivo na lida brava da estrada de ferro. Sim. Casado, três filhos, um homem de vida brava. Um inveterado, um pixote se metendo a gente, um cavalo-de-teta. E Bacalau perguntava-se: "Para que trouxa quer dinheiro?". Bacalau adoçou-o mais. Continuaram o joguinho e o malandro lhe mordeu os últimos, folgando, devagar, quatro horas de jogo. Por último, dando alarde ao desacato, manejava o taco com uma mão só e dava uma lambujem, um partido de quinze pontos na bola dois. Era escandaloso. Bacalau estava perdendo a linha que todo malandro tem. Não se faz aquilo na sinuca. Vá que se faça dissimulada, trapaça, até furtos de pontos no marcador. Certo, que é tudo malandragem. Mas desrespeitar parceiro, não. A própria curriola se assanhou, desaprovando.

Sorocabana, coitado. Ficava na beirada da mesa, atrapalhando-se com o cigarro, tirando as bolas, falando sozinho.

Mas o castigo vem a cavalo.

Bacalau quis ser mais malandro que a malandragem e isto o perdeu. Pegou a grana, empolou-se num rompante, ganhou a rua. Fala-se que entrou no primeiro restaurante e fartou-se como um lorde. Sozinho. A turma se mordeu, com aquilo a turma se queimou. Malandro ganhar vinte contos, não dar mimo a ninguém, não distribuir as estias! Que malandro era aquele? Aquilo era um safado precisando de lição. A curriola se enfezou. Era mancada, pouco-caso, era desdenhar, desconsiderar, que diabo! Afinal, quando Bacalau estava com a fome, sabia muito bem pedir e sempre lhe arranjavam algum para que o vagabundo se endireitasse, tirando o pé da lama. Como podia, agora que tinha de sobra... Entregaram Bacalau aos ratos.

Os tiras foram catá-lo, bebendo e folgando com mulher, dois dias depois, num boteco das Perdizes.

Entregaram Bacalau e ninguém soube quem foi.

Contava Bacanaço que sabia muito bem das coisinhas da façanha. O menino Perus também sabia. Mas era um menino diante de Bacanaço e por isso ouvia quieto, só meneando a cabeça e de acordo com tudo. Para final – Bacanaço era taco melhor, jogador maduro, ladino perigoso da caixeta, do baralho e da sinuca, moreno vistoso e mandão, malandro de mulheres. Camisa de Bacanaço era uma para cada dia. Vida arrumada. De mais a mais, Bacanaço tinha negócio com os mascates, aqueles que vendiam quinquilharias e penduricalhos nas beiradas da Lapa-de-baixo, e era um considerado dos homens do mercado. Malandro fino, vadio de muita linha, tinha a consideração dos policiais. Andar com Bacanaço, segui-lo, ouvi-lo, servi-lo, fazer parceria, era negócio bom.

Era quem primeiro cantava de galo. Bacanaço não olhava na cara dos desconhecidos. Impunha-se-lhes oprimindo, apequenando. Mandava primeiro, uma ruga nas sobrancelhas, sempre abespinhado. Desses que quando a conversa não interessa vão mandando para a casa do diabo. E se houver reaproximação já batem, já xingam, já correm o pé, dão cabeçada, deixam o sujeito estirado na calçada. Agora, se gostasse, gostava. Era igual, amigão. Ninguém botasse a mão em amigo seu. Porque seria como mexer com sua cara ou bulir com amiga sua. Assim era Bacanaço com o menino Perus. E por isso o menino o admirava.

Mas a façanha se acabou e Sorocabana sumiu-lhes do pensamento. Também o jogo de palitinho e os brinquedos de boca se sumiram. E falaram deles mesmos, paroleiros, exagerando-se em vantagens; mas uma realidade boiou e ficaram pequenos. O que lhes adiantava serem dois tacos, afiados para partidas caras? Estavam quebrados, quebradinhos.

Bacanaço foi para a porta do bar.

Os meninos vendedores de jornal gritavam mais, aproveitando a hora.

Gente. Gente mais gente. Gente se apertava.

A rua suja e pequena. Para os lados do mercado e à beira dos trilhos do trem – porteira fechada, profusão de barulhos, confusão, gente. Bondes rangiam nos trilhos, catando ou depositando gente empurrada e empurrando-se no ponto inicial. Fechado o sinal da porteira, continua fechado. É pressa, as buzinas comem o ar com precipitação, exigem passagem. Pressa, que gente deixou os trabalhos, homens de gravata ou homens das fábricas. Bicicleta, motoneta, caminhão, apertando-se na rua. Para a cidade ou para as vilas, gente que vem ou que vai.

Lusco-fusco. A rua parece inchar.

Bacanaço sorri. O pedido gritado da cega que pede esmolas. Gritado, exigindo. A menina chora, quer sorvete de palito, não quer saber se a mãe ofega entre pacotes. Bacanaço sorri.

O sinal se abriu e nova carga de gente, dos lados da Lapa-de-baixo, entope a rua.

Gente regateia preços, escolhe, descompra e torna a escolher nas carrocinhas dos mascates, numerosas. Alguns estenderam seus panos ordinários no chão, onde um mundão de quinquilharias se amontoam. E preços, ofertas, pedidos sobem numa voz só. Bacanaço sorri.

Do lado de lá da rua, junto ao anúncio de venda de terrenos, um casal desajeitado. A moça é novinha e uma distância de três-quatro corpos entre eles... A moça novinha aperta um guarda-chuva, esfrega qualquer coisa com os pés, os olhos nos sapatos, encabulados. Bacanaço sorri.

Trouxas. Não era inteligência se apertar naquela afobação da rua. Mais um pouco, acendendo-se a fachada do cinema, viria mais gente dos subúrbios distantes. A Lapa ferveria. Trouxas. Do Moinho Velho, do Piqueri, de Cruz das Almas, de Vila Anastácio, de... do diabo. Autos berrariam mais, misturação cresceria, gente feia, otários. Corriam e se afobavam e se fanavam como coiós atrás de dinheiro. Trouxas. Por isso tropicavam nas ruas, peitavam-se como baratas tontas.

Há espaços em que o grito da cega esmoleira domina. Aquela, no entanto, se defende com inteligência, como fazem os meninos jornaleiros, os engraxates e os mascates. Com inteligência. Não andam como coiós apertando-se nas ruas por causa de dinheiro.

Bacanaço deu com a primeira luz. Lá no meio da cara da locomotiva. Num golpe luzes brotaram acima dos trilhos dos bondes. Os luminosos dos bares se acenderam e a fachada do cinema ficou bonita.

A Lapa trocava de cor.

Um pensamento bateu-lhe de repente:

– E Malagueta?

Em que presepada ter-se-ia enfiado o velho sem-vergonha, esmoleiro, cara-de-pau? Meia-volta, andou.

Perus e Bacanaço entristeciam no banco lateral. Quebrados, quebradinhos. O menino Perus repetia cigarros fornecidos por Bacanaço e o mulato espiando mesas, abespinhado.

Ali, de ordinário, pingava um ou outro joguinho bom. Mas onde há jogo bom, piranha vem morder. Naquele salão da Lapa faziam ponto malandros finos de sinuca, escorregados de outros lados da cidade. Então, safados infestavam o salão e aquela boca do inferno virava um poço de piranhas.

Aquele dia era desses.

À noitinha, grupos de estudantes encheram o salão com jogos a leite-de-pato. Não jogavam a dinheiro. Algazarra, um barulhão, mas não jogavam a dinheiro. Aquilo faziam todos os dias, antes das aulas noturnas.

Bacanaço se chateava com os frangalhos e levantava-se. Machucava-os:

– Vocês são é de coisa nenhuma. Fica aí toda a curriola nesse pé-pé-pé... pé-ré-pé-pé, fazendo o quê? Punheta? Um chove-não-molha do capeta! Vamos lá no jogo valendo uma nota!

Os estudantes diminuíam o barulho, engoliam os desaforos. Mas ao jogo ninguém ia.

Com aquele silêncio desenxabido que faziam após os xingos, Bacanaço se enfezava, gritava, espezinhava:

– Aqui só tem pixote, é tudo pixote – o indicador subia, descia, flechava. – Por que é que não ficam em casa, debaixo da saia da mãe? Cambada!

Perus, encabulado. Onde andariam os trouxas, os coiós sem sorte, que o salão não tinha jogo? Por que era assim, assim, sempre? Uma oportunidade não vinha, demorava, chateava, aborrecia. Os castigos vinham depressinha, não demoravam não, arrasavam, vinham montados a cavalo. E os trouxas? Noivando ou namorando, por aí, nas esquinas, nos cinemas. Ou dando dinheiro a mulher, que é o que sabem fazer. Os tontos. E quando apareciam, gordos de dinheiro, otários oferecidos, era fora de hora e era sempre outro malandro quem os abocanhava. Ele? Nem almoço nem janta. Sinuca, grande estrepe... Pôs-se a tamborilar, lento, contando as batidas. Pensou nos joguinhos de Vila Alpina.

Durão passava a carregar sanduíches de mortadela, café com leite, cigarros, refrigerantes.

Sete horas.

Capiongo e meio nu, como sempre meio bêbado, Malagueta apareceu. No pescoço imundo trazia amarrado um lenço de cores, descorado; da manga estropiada do paletó balançavam-se algumas tiras escuras de pano.

Bacanaço lhe buliu:

– Quer jogo, parceiro velho?

O velho se escapuliu, foi procurar o último banco do salão, o seu lugar, e sentou. Era um velho acordado e gostava de explicações. Dali tudo via, pernas cruzadas, na dissimulada, como quem não visse nada. E ali embiocado não o enxergavam bem.

Bacanaço e Perus lhe voltaram.

– Está a jogo ou a recreio, meu?

Malagueta os olhava. Bacanaço boquejando, largando desafios e bazófias. Perus no acompanhamento, feito um dois de paus. "É", pensou, "quando vocês iam no moinho buscar fubá, eu, cá no meu quieto, já estava de volta com o bagulho empacotado". E soltou para si o risinho canalha com que os malandros entendem, reconhecem. Risinho meio parado, metade na boca, metade nos olhos. Pela charla que diziam e pela manha com que vinham... Ali não havia dinheiro.

Então, o velho se levantou, gingou nos seus sapatos furados e piscou o olho raiado de sangue.

– A gente se junta, meus. Faz marmelo e pega os trouxas.

A anuência de Perus foi choca, encolheu-se timidamente no blusão de couro. Era aceitar. Para quem estava quebrado, para ele com dezenove anos de idade, morador em Perus com a tia, donde lhe veio o apelido... mas a tia tem um amásio e isto entorta tudo, porque o homem e ele se atracam muitas vezes. Grudam-se, se socam, rebolam como bichos, que a coisa ali por bem não vai. Por uma e outra se atracam os dois. Por causa dos muitos porres do amásio da tia e da vida errada do menino. O menino

Perus que tem seu lugar de taco, confiança de alguns patrões de jogo caro, devido à habilidade que na sinuca logrou desenvolver nas difíceis bolas finas, colocadas em diagonal na mesa. O menino Perus mal e mal se agüenta – fugido do quartel, foge agora de duas polícias. A Polícia do Exército e a polícia dos vadios.

Uma semana, muitas vezes, na Lapa. Nas bocas do inferno se defende, se arranja pelas ruas, trabalha nas conduções cheias, surrupia carteiras. Deixa-se ficar e fica uma semana. A mesma camisa, o mesmo sono, a fome de dias. A fome raiada.

Mas pensa nos joguinhos famosos de Vila Alpina.

– Quando eu der uma sorte e a vida tomar jeito...

Vestiria panos bons, iria àquele fogo. Então, iria, dissimulado, aos jogos caros de Vila Alpina, onde corria a grana e as melhores virações da sinuca funcionavam. Vila Alpina era falada na boca de todos os malandros. E lá Perus não era conhecido.

Malagueta propunha-lhes o conluio fantasiando grandezas. Claro que se arrumariam, eram firmes nas tacadas e davam muito juízo. Se Bacanaço os chefiasse...

O malandro limpou o paletó. Ouvira os gabos sem interesse. Mas aquela conversa de os conduzir, dando cartas e jogando de mão, era conversa da boa. Na mão bem manicurada, que viajava do queixo ao bolso, luzia o chuveiro, anelão de ouro branco e pedras para mais de trinta contos, que só rufião pode usar. Iria como patrão, a parte mais gorda cabendo-lhe. Bem. Olhava meio de lado para os andrajos do velho. Aquela conversa era da boa. Mas não se entreteve. Cortou:

– Pé-pé-pé... pé-ré-pé-pé não interessa, velho. Cadê a grana?

Malagueta esfriou, perdeu num átimo o alegre rebolado. Andava tudo ruim e ele com a fome. Maré de azar danado, nem quisessem saber. Comer? Surrupiando uma maçã duma prateleira lá do mercado, quase o pilharam com a mão na coisa. Caíra no chão, botara aquela cara de sofrimento, estendera a mão que roubou a maçã, esmolara. Com aquela cara de sofredor, de Jesus Cristo, talvez algum trouxa lhe pingasse uma grana. Mas a onda de crepe era raiada – de olho vivo, andavam guardas lá no mercado, finos como tiras.

– Tou desempregado – e deu de ombros. – Se eu lhes conto minha história, meus camaradas... Vocês vão se virar pra me dar algum. É. Tou que nem aquele cara: Tortinho Pedroso da Silva Estrepado.

E sentou.

Bacanaço encheu as bochechas e soprou. Oito horas.

Estavam os três quebrados, quebradinhos. Mas imaginavam marotagens, conluios, façanhas, brigas, fugas, prisões – retratos no jornal e todo o resto –, safadezas, tramóias; arregos bem arrumados com cagüetes, trampolinagens, armações de jogo que lhes dariam um tufo de dinheiro; patrões caros aos quais fariam marmelo, traição; imaginavam jogos longínquos, lá pelos longes dos subúrbios, naquelas bocas do inferno nem sabidas pela polícia; principalmente imaginavam jogos caros, parceirinhos fáceis, que deixariam falidos, de pernas para o ar. E em pensamento funcionavam. E os três comendo as bolas, fintando, ganhando, beliscando, furtando, quebrando, entortando, mordendo, estraçalhando...

Entrou no salão uma negra lambuzada de pintura em direitura ao mictório dos homens. Escanzelada, corpo ruim, os peitos eram uma tábua. Daquelas mulheres que ficam nas virações tristes da Lapa-de-baixo; às vezes, de encontro às árvores e aos muros nos escuros das ruelas. Aquela devia passar dias sem comer – o rosto chupado, os cambitos. Um parceirinho buliu:

– A senhora está a jogo ou a passeio?

A negra parou, os punhos nos quadris.

– Ora, vá lamber sabão, trouxa embandeirado!

A mulher seguiu.

Os homens da curriola estavam acostumados àquelas aparições súbitas de mulheres no salão. E não estavam a fim de guerra. Não ligavam, nem mexiam, que estavam ali para jogo e que mulher no salão é mulher de alguém. Um ou outro parceirinho coió é que saía da linha.

Foi num átimo, foi num susto. Bacanaço deu fé do relógio, seu Movado com corrente de ouro.

– Meus, com uma quina...

A gana nos olhos do malandro. Um tapa de estalo no joelho de Perus, o indicador apontou para Malagueta. Falou depressa, outro Bacanaço, com palavras que se atropelavam e com dedos se esfregando. Com uma quina já poriam meio pé fora do buraco. Correriam, então, a todas as bocas do inferno da cidade, cortariam aquela onda besta de azar raiado. Claro.

– Meus, com uma quina...

A Lapa já era perda de tempo. Levantaram-se e se abalaram de supetão. Quase correndo, aos encontrões, esbarrando nas coisas do caminho, afobação que os homens da curriola não entenderam. Mas estava claro que se arrumariam! Empenhar-se-ia o Movado a Cornélio, motorista de praça da rua do cinema, camarada de Bacanaço. Por baixo, baixo, renderia quinhentos cruzeiros. Uma quina. O de que precisavam.

O Movado para Cornélio e uma quina para Bacanaço. E os três iriam firmes, à grande e de enfiada, afiados como piranhas. Bacanaço chefiando. Vasculhariam todos os muquinfos, rodariam Água Branca, Pompéia, Pinheiros, Mooca, Penha, Limão, Tucuruvi, Osasco... Rodariam e se atirariam e iriam lá. Três tacos, direitinhos como relógios, levantariam no fogo do jogo um tufo de dinheiro. Tinham a noite e a madrugada. Virariam São Paulo de pernas para o ar.

Os dois iam à frente, quase correndo. O velho Malagueta, capenga, se arrastava na retaguarda, tropicando nas calçadas, estalando os dedos e largando pragas. Tripudiava:

– Esta Lapa não dá pé!

Água Branca

Corria no Joana d'Arc a roda do jogo de vida, o joguinho mais ladrão de quantos há na sinuca.

Cada um tem sua bola, que é uma numerada e que não pode ser embocada. Cada um defende a sua e atira na do outro. Aquele se defende e atira na do outro. Assim, assim, vão os homens nas bolas. Forma-se a roda com cinco, seis, sete e até oito homens. O bolo. Cada homem tem uma bola que tem duas vidas. Se a bola cai o homem perde uma vida. Se perder as duas vidas poderá recomeçar com o dobro da casada. Mas ganha uma vida só...

Fervia no Joana d'Arc o jogo triste de vida.

Um bolo de vida vai a muito porque cresce. Seis, sete ou oito homens dão bolos de bom tamanho. Quatro, cinco, até seis mil, começando por baixo, baixo – cem cruzeiros por cabeça. O joguinho vai correndo como coisinha encrencada, pequenina e demorada. Gente sai e entra gente. O bolo crescendo, o jogo ficando safado. Fica porco, fica sujo como pau de galinheiro. Um homem quebra o outro comendo-o pela perna, correndo por dentro dele.

Um bolo de vida fica grande para só um homem comer.

Então, o jogo exige porque diferente o jogo fica. Paciência, picardia, malandragem. Quem não tem, tivesse... Uma sujeira do diabo, que costuma enviar o dinheiro do parceiro para a casa onde o diabo mora. Um taco é um taco quando é amarrador, no jogo de vida. Se o parceirinho se encabula, tropica. Perde vida, se perde, vai lá e tropica mais e cai do cavalo. Fica quebrado, quebradinho, igualzinho à coruja – sozinho, feio e no escuro.

Corria no Joana d'Arc o triste jogo de vida.

Bacanaço cutucou o menino Perus, passou-lhe duas notas de cinqüenta. Sorrateiro, falou baixo, nos dentes.

–Vai lá e desempenha, meu.

Enviou, fez um pouco de tempo, bafejou nas unhas, esfregou-as no paletó. Mandou Malagueta:

–Vai lá e faz marmelada.

Estava armado o conluio, funcionando a trapaça.

Corriam naquela roda as vidas de seis homens. Perus se chegou, pediu vez.

–Tá na mão, pra mim?

O menino se desengonçava um tanto quando solicitava jogo. Não se intrometia ainda com o cinismo de Bacanaço, Malagueta e outros malandros maduros. Ficava meio torto, como quem vai e não vai, feito um menino.

Os homens se entreolharam, bolas na mão, cada um resmungou a sua coisa, medindo o menino. Um deu de ombros, outro fez não ouvir, tanto lhes fazia. O inspetor Lima demorou o olhar.

– Posso entrar? – a mão de Perus corria devagar no zíper do blusão de couro.

Do lado de lá do balcão, Bacanaço torcia. Os olhos cobiçavam. Se dessem entrada a Perus, já teria um homem seu naquela roda.

– Entra ele e entro eu – Malagueta intrometia-se sorrindo, bulia com todos. – O bolo fica maior, meus.

O velho inspetor Lima, gordo polícia aposentado, era o dono daquela roda, conhecedor das muitas manhas de Malagueta, que vezes intensas se bateram no joguinho nos muquinfos quentes da Lapa-de-baixo. Lima, tira aposentado...

Desses tipos encabuladores que ficam entre os malandros e são o quê? Viradores, curiosos?

Lima, tira aposentado, vivia nas rodas do joguinho e, por último, comparecia ao Joana d'Arc e ali se encafuava enquanto o jogo durasse. Às vezes, do quarto da Água Branca onde morava só, saía mesmo de pijama ali pelas duas da tarde e se enfiava no muquinfo. Ali jogava, ali jantava sanduíches, ali mesmo ele ficava, plantado feito um dois de paus, os chinelos rodando, ganhando as malícias das mesas, reaprendendo uma verdade – o joguinho se aprende jogando, tudo o mais é ilusão, engano, embandeiramento, onda de otário.

Nem era um malandro, nem era um velho coió. Nem era um velho acordado como Malagueta e outros, sem aposentadoria, sem chinelos, sem pijama, sem quarto onde pousar e que têm de seu a cara e a vontade. Enfrentam as virações e a polícia porque têm fome. E vão como viradores, sofredores, pés-de-chinelo. E só.

Mas era um velho gordo e estranho, conselheiro dos mais moços, naquelas bocas do inferno, e que usava palavras desusadas de quando em quando.

– É uma veleidade.

Só por um lance de um parceirinho que se arriscara numa bola cinco desnecessária.

Os homens da curriola sentiam vontade de rir e não riam. Qualquer palavra ganha dignidade na boca da polícia e ninguém ri. Ademais, Lima era um tira aposentado e ainda sustentava influências. Palavra dele tomava tamanho nas possíveis e inesperadas batidas da polícia.

Se no salão apareciam rapazes enfiados como galos no quente do jogo a dinheiro, ele se intrometia com seus jeitos na fala.

– Tudo aqui é passageiro – arrotava. – Não é expediente de gente que se preze. Gente moça namora, noiva e casa. É o caminho certo. Aqui, não; aqui é o fim.

Se os rapazes o ouviam quietos, Lima se empolgava. As histórias não se acabavam mais. Citava e declinava e falava de malandros fracassados, outrora famosos, estropiados por fim no fogo do vício. Rememorava Caloi.

Jogava que jogava Caloi. Osso duro de roer. Deu trabalho a muitos tacos, era um artista, era um cérebro, um atirador. Mas deu também para mulheres e sua mão começava a tremer no instante das tacadas. Foi indo, indo, tropicando. Quando deu fé parecia um galo cego que perdeu o tino. Deu, então, para a maconha e uma feita ficou célebre – vez em que um pixote lhe tomou quinze contos num dia de carnaval lá na rua Barão de Paranapiacaba. Aquilo o encabulou, arruinou o seu juízo de jogador. A maconha desfez o homem, lhe apodreceu o cérebro e Caloi acabou falando sozinho, feito tantã de muita zonzeira lá num pavilhão do Juqueri.

– Habitante daqui é futuro residente da Casa de Detenção.

E se os rapazes achavam graça, Lima rematava:

– Ou do hospício – e fazia um ar triste para concluir. – A maior malandragem, meus filhos, é a honesta.

Mas não se afastava do joguinho do Joana d'Arc. Era um prisioneiro.

Deu acesso a Malagueta. Buliu:

– Entra, cara-de-pau.

E sorriu para Perus.

– Aberto. Entra, velho, você e o garotão. Cem paus por cabeça.

Houve os olhares de soslaio, perguntando-se. Houve a casada, houve as escolhas de tacos, os movimentos dos homens se curvando sobre a mesa. Iam sérios. Os bondes rangiam lá fora e os homens em volta da mesa faziam o silêncio que se faz ao ruído das bolas. Faziam o silêncio do joguinho, por demais preocupado.

As bolas corriam. E Bacanaço sorria.

À sua segunda tacada, o menino Perus assobiou. Era o

"Garufa", velho tango argentino falando das desventuras de um otário ofertado, inveterado protetor de prostitutas e falso malandro de uma noite lá num parque japonês... Um incorrigível, um papagaio enfeitado, um malandro de café com leite e pão com manteiga e o resto era engano. O "Garufa" assobiado – um sinal convencionado com que os finos malandros de jogo avisam-se que há otário nas proximidades ou trapaça funcionando e lucro em perspectiva.

Do lado de lá do balcão, Bacanaço também assobiou o "Garufa".

E os olhos malandros dos três se encontraram, se riram, se ajustaram, gozosamente, na sintonia de um conluio que nasceu dissimulado.

Malagueta pediu cachaça, pão e pimenta vermelha, malagueta, donde lhe chegara o apelido. O velho mascava e bebericava aos poucos, manso, medindo lances, atento; fazendo caretas que demoravam na cara. Quando ia às tacadas firmava apoio a Perus, salvava-lhe a bola, apenas defendendo a sua e encostando a do menino às tabelas. Um joguinho ladrão.

Bacanaço sorria. Funcionavam direitinho, sem supetões, eram tacos de verdade, nascidos para trapacear. Arranjo bom. Malagueta defendendo, o menino Perus se atirando, o entendimento se afinando, certo como um relógio.

As tacadas eram lentas, o joguinho arrastado, encrencado, sem-vergonha.

Homens perderam vidas, casadas se dobraram, novas vidas

se esfacelaram. Do marcador, os sinais a giz apagando-se, sumindo ou reaparecendo com casadas em dobro ou multiplicadas por quatro. O bolo crescendo.

Finalistas ficaram Lima e Malagueta, mas quem ganhou foi Perus, rematando certeiro as bolas dos dois, comendo-lhes as vidas e comendo o bolo, para mais de quatro mil e quinhentos, que as reentradas foram diversas e os parceirinhos iam afoitos.

Quem visse aquela roda e não soubesse, diria que era aquele o natural do jogo. Para quem está do lado de fora, como para os otários de jogo, as muitas coincidências do joguinho são predestinações. Como se não houvesse tabelas, efeitos, puxadas, trucagens e outros recursos que em sinuca se chamam picardia. Assim falam os trouxas e os coiós e os papagaios enfeitados e os mocorongos e os cavalos-de-teta:

– Joguinho ladrão, ganha aqui quem der mais sorte.

E a roda recomeçou.

Bacanaço sorria. Negócio dos bons era ser patrão dos dois. Aqueles não tropicavam, tinham fome, iam, firmes, e sofredor desempregado dá tudo o que sabe no quente do jogo. Firma a tacada, se mexe como piranha atenta, quer morder. E belisca porque vai com juízo. Talento já traz escondido na massa do sangue e juízo a fome lhe dá. Bacanaço examinava o anelão como se não quisesse nada. Chegava-se à mesa, estendia o maço de cigarros para Malagueta.

– Fuma, meu camarada?

O velho fazia uma careta, torcia-se numa delicadeza, a mão bailava.

– Com sua licença – piscava o olho raiado de sangue.

Ia bem o marmelo. Mudadas as posições, reaberta a roda, a tramóia ainda ia com Malagueta na defesa e Perus se atirando.

Ponta de lança. O menino funcionava com certeza. Não o encabulava a distância das bolas, a possibilidade negra de tropeçar e entregar sua bola ao gosto dos adversários. Malagueta lhe valia. Sentia-se escudado, que o velho era um amarrador de fibra, ia à tacada e trancava o jogo. Por ali nada passaria. Quando em quando, Perus se sorria:

– Com coisa arrumada nem reza brava pode.

Por isso se atirava firme, confiando no seu taco, nas tabelas, nos efeitos, nas colocações de sua bola, e firmava e dava trabalho aos parceirinhos, tacada sua ganhava desenvoltura, liqüidava três-quatro bolas.

– O menino está inspirado – observava Lima.

Perus sorria, os olhos baixavam, disfarçava, dava giz ao taco.

– Não é nada não. Tenho é sorte.

Malagueta repetia goles, sereno acompanhava, sabia onde se desembocava tudo aquilo. Se ele não falhasse, aquele jogo só teria um ganhador. Se ele tropeçasse, o vencedor seria Lima ou Marinho, um outro da curriola que também dominava as coloridas. Sossegassem. Ali só havia uma bossa. Nem Lima, nem Marinho, nem o diabo iriam passar por cima dele. Rebolassem e se esforçassem e se torcessem na mesa. Na continuação, o ganhador era previsto e era um só. Para isso ele estava grudado à retaguarda, trancafiando jogo, dando o que fazer, garantindo a linha de frente para Perus.

Por que Malagueta não derrubara aquela bola quatro? Uma repetição maliciosa, numa bola quatro em diagonal no canto, acordou o inspetor Lima.

– Ué...

Ali tinha coisa. A bola era fácil, fácil, Malagueta não liqüidara. Por que raios o velho Malagueta só amarrava o jogo, defendendo e defendendo aquela bola quatro? Lima não era um velho coió. A quem pertencia a bola? Havia coisa.

Lima balançou o indicador no ar e mudou o tom daquela roda.

– Botem fé no que digo, qu'eu não sou trouxa não e nessa canoa não viajo. Tá muito amarrado o seu jogo, seu velho cara-de-pau. Botem fé. Eu pego marmelo neste jogo, arrumo uma cadeia pros dois safados.

Bacanaço se alertou, a mão jogou o cigarro, o rosto se frisou. Diabo. Malagueta facilitara, deixara entrever a proteção. Também não havia outra saída; derrubasse a bola quatro, teria quebrado Perus num só lance, estariam os dois no buraco. Diabo. Aquele jogo poderia render mais.

– Lugar de ladrão eu costumo mostrar – Lima continuava.

Os homens da curriola fecharam as bocas, rostos crisparam-se, os olhos jogaram-se em Malagueta e Perus, ameaçaram. O velho se livrou, teve um cinismo, encarou Lima.

– Tem nada não. Eu estou demais nesta roda? Eu sou de jogo e sou de paz. Me retiro.

Nenhuma resposta. Lima cabisbaixo, o cinismo de Malagueta desanuviava as coisas e as embaralhava. Perus, desenxabido, sem uma palavra; Bacanaço tamborilando dedos do balcão. O dono do bar olhava, ia haver batifundo. Os bondes rangiam. Não se dizia nada. O tempo custava a passar.

Malagueta ganhou força, começou a parolagem.

– Tem nada não. Esta partida acaba e eu caio fora, me espianto. Não nasci aqui, eu sou do mundo.

Esperou o efeito – veio o silêncio. Então, abusou:

– E se vacilar comigo eu vou lá e ainda ganho esta rodada e tchau. Me espianto.

Bacanaço secundou o disfarce, veio se chegando para Lima.

– Velho, o jogo é jogado. Calhou. O menino é um atirador e está com a mala da sorte – sua palavra valia, que vinha de fora, como torcedor. – O menino emboca, emboca, manda tudo pras cabeceiras. Inspiração. Se daqui a pouco ele tropica: fica torto, tortinho.

– Não sei não – fez Lima.

E o jogo se refez, encrencado, a princípio. Mas a desconfiança pouco durou, que Perus foi às bolas e estraçalhou com vontade. Sabia da única alternativa – escapulir depressinha. Ganhar, apanhar a grana, sumir. Atentou no que fazia, trabalhou, embocou, embocou, quebrou a bola do próprio Malagueta. Ficou só na linha de frente.

– E o que vier eu quebro – firmava o pensamento.

Bacanaço sossegou, folgado voltou aos cigarros.

Lima, inconformado, virando o taco na mão. Como não percebera antes? A safadeza já era velha, os dois funcionando à vontade, engolindo as bolas. Como não flagrara, trinta anos de polícia e um tempão no joguinho... que boa-fé fora aquela? Agora não poderia abrir o bico, que os dois não se deixaram pilhar. Os safados.

Três mil em notas miúdas Perus esticou no pano verde, mãos tremiam, desamassavam, retiravam notas da caçapa.

Lima, mordido, mordidinho. Os olhos iam por baixo. Como pôde largar aqueles dois crocodilos? Havia muito que não levava porrada igual. E o pior... jogo acabado, quem comeu regalou-se, quem não comeu estrepou-se. E não os flagrara. Murmurou entre os dentes:

– Cadelos!

A mão de Perus puxou o zíper do blusão de couro e o menino marchou. Malagueta caminhou, foi ganhando a rua.

– Boas, meus.

Do lado de lá da rua, quase em cima dos trilhos do bonde, o carro freou e os apanhou. Bacanaço meteu-se no banco dianteiro. Contou, demorou, distribuiu. O cigarro na boca se mexeu:

– O que é meu – e apontou a parte mais gorda: três mil e quinhentos cruzeiros, era a parcela do patrão.

O resto era do trato. Malagueta ganhou dois contos e Perus, outros dois.

Receberam. O auto rodava. As notas deram sossego e depois considerações e depois se lamentaram os dois, que a roda de vida no Joana d'Arc poderia ter dado até dez contos. Aquele jogo, de fácil, era um mingau. Não fora o velho Lima...

– O bicho é um escamoso.

Bacanaço estendeu a mão, apontou para as cédulas. Houvesse tranqüilidade. Atentassem, começaram a noite sem nenhum e já se ganhara.

– Está de bom tamanho.

E para o motorista:

– Vai tocando, chefe.

Barra Funda

O boteco era um, duma fileira de botecos. Pequenino, imundo, mais escuro e descorado, àquela hora, à zoeira das moscas. Mas havia televisão apresentando luta livre e Bacanaço se ajeitou no tamborete. Perus pediu café com leite.

O velho Malagueta encostou-se à porta do botequim.

Os ombros caíram, a cabeça pendeu para o azulejo, e assim torto o velho ficava menor do que era. Enterrou as mãos nos bolsos. Seus olhos além divisaram avenidas que se estendiam, desciam e desembocavam todas no viaduto por onde os três haviam passado. Haviam andado na noite quente! Bilhar após bilhar, namoraram mesas, mediram, estudaram jogos lentamente. Não falavam não. Picava-lhes em silêncio, quieto mas roendo, um sentimento preso, e crispados, um já media o outro. Iam juntos, mas de conduta mudada e bem dizendo, já não marchavam em conluio. Bacanaço, mais patife, resmungava aporrinhações, lacrava-lhes na cara que a vida na Água Branca poderia ter rendido mais. Espezinhava. E aquela tensão ia ficando grande. Não cuidassem, viria a provocação séria, acabariam se atracando e se pegariam no joguinho – um correndo por dentro do outro – na continuação um comeria o outro pela perna.

Malagueta, arisco. Conhecia aquilo como a palma de sua mão. Para a ganância besta não haveria o que bastasse. Um esbagaçaria o outro e juntos se estraçalhariam. O velho os alertou, que era bom o conluio. Trabalhando os três, um pelo outro, rendia mais o joguinho, evoluíam-se trapaças na sintonia do embalo. E nem se atirassem a qualquer jogo como piranhas famintas. Dessem juízo, não bobeassem como coió que nunca enxergou dinheiro. Estavam na força de uma onda de sorte, afiados e firmando – já se ganhara bem na Água Branca. Tranqüilidade, que a noite era deles.

Apoiaram, baixaram as cristas. Bateram perna, então, desde o Alto da Pompéia até os começos das Perdizes. Ali jogou Bacanaço, jogo miúdo, de que vieram duzentos cruzeiros e apenas, que o parceirinho se apavorou e parou de estalo. Tomaram, então, as alamedas que descem para a Barra Funda. Vasculharam.

– Ô...

Braços no ar. Cobras do joguinho e tacos muito falados eram saudados assim pelos cantos que percorriam.

Mas era uma noite de sábado e houve outros lados por onde passaram, apequenados e tristes.

Vai-e-vem gostoso dos chinelos bons de pessoas sentadas balançavam-se nas calçadas, descansando.

Com suas ruas limpas e iluminadas e carros de preço e namorados namorando-se, roupas todo-dia domingueiras –

aquela gente bem dormida, bem-vestida e tranqüila dos lados bons das residências da Água Branca e dos começos das Perdizes. Moços passavam sorrindo, fortes e limpos, nos bate-papos da noite quente. Quando em quando, saltitava o bulício dos meninos com patins, bicicletas, brinquedos caros e coloridos.

Aqueles viviam. Malagueta, Perus e Bacanaço, ali desencontrados. O movimento e o rumor os machucavam, os tocavam dali. Não pertenciam àquela gente banhada e distraída, ali se embaraçavam. Eram três vagabundos, viradores, sem eira, nem beira. Sofredores. Se gramassem atrás do dinheiro, indo e vindo e rebolando, se enfrentassem o fogo do joguinho, se evoluíssem malandragens, se encarassem a polícia e a abastecessem, se se atilassem, teriam o de comer e o de vestir no dia seguinte; se dessem azar, se tropicassem nas virações, ninguém lhes daria a mínima colher de chá – curtissem sono e fome e cadeia.

Aqueles tinham a vida ganha. E seus meninos não precisariam engraxar sapatos nas praças e nas esquinas, lavar carro, vender flores, vender amendoim, vender jornal, pente, o diabo... depender da graça do povo na rua passando. E quando homens, não surrupiariam carteiras nas conduções cheias, nem fugiriam dos quartéis, não suariam o joguinho nas bocas do inferno, nem precisariam caftinar se unindo a prostitutas que os cuidassem e lhes dessem algum dinheiro.

Um sentimento comum unia os três, os empurrava. Não eram dali. Deviam andar. Tocassem.

Uma noite quente, chata! Zoada de moscas assanhadas nos

salões, onde papo se batia e a prosa ia fiada, mas jogo bom não havia. Havia um rumo – à cidade, catar jogo caro. Barra Funda não deu jogo.

Pararam naquele boteco à beira dos trilhos do trem.

Veio o vira-lata pela rua de terra. Diante do velho parou, empinou o focinho, os olhos tranqüilos esperavam algum movimento de Malagueta. O velho olhava para o chão. O cachorro o olhava. O velho não sacou as mãos dos bolsos, e então, o cachorro se foi a cheirar coisas do caminho. Virou-se acolá, procurou o velho com os olhos. Nada. Prosseguiu sua busca, na rua, a fuça nas coisas que esperava ser alimento e que a luz tão parca abrangia mal. De tanto em tanto, voltava-se, esperava, uma ilusão na cabecinha suja, de novo enviava os olhos suplicantes. O velho olhando o cachorro. Engraçado – também ele era um virador. Um sofredor, um pé-de-chinelo, como o cachorro. Iguaizinhos. Seu dia de viração e de procura. Nenhuma facilidade, ninguém que lhe desse a menor colher de chá. Tentou golpe, tentou furto, esmola tentou, que mendigar era a última das virações em que o velho se defendia.

Trabalhava no chão. Estirar-se, arregaçar as calças, expor o inchaço que ia começando nas pernas encardidas. O sapato furado expunha barro. O sapato tinha os saltos comidos de todo. Dando sorte e com sossego, mas com muita picardia, cara-de-pau e mão estendida, pingava alguma grana. Já se ganhava, eta meu Bom Jesus de Pirapora! Da miúda saía para a graúda e ia se bater lá na sinuca.

Mas a maré não mandava um azar sozinho, enfiava-lhe estrepe no percurso, vinham guardas que perturbavam, ultimamente atilados como tiras. Os guanacos estavam dispostos a azucrinar. E ansiosos. Surrupiando uma maçã no mercado, vacilou. Quase escorregara, por bem pouco não o flagraram. A maré castigava com uma crepe dos diabos. Jogo? Adiantava ser um taco, galo de briga, tinindo para as grandes paradas, adiantava? Não havendo capital, sofredor algum tira o pé do buraco. Vida torta, tortinha, feito vida de cachorro escorraçado. Almoço – foram aquelas coisas engolidas com cachaça, lá no Joana d'Arc, dez e tanto da noite.

O cachorro sumia na ponta da rua.

– E a preta?

A preta se chamava Maria e este pensamento bateu-lhe com ternura. Dois-três dias sem ver a preta, que era sua preta e era negra vendedora de pipocas, de amendoim e de algodão-de-açúcar nas noites à luz do cinema do Moinho Velho, com o seu carrinho de coisas e seu lenço à cabeça, e que aceitava Malagueta no barraco da favela do Piqueri. Dava-lhe bóia, comiam e bebiam os dois, davam-se. Como crianças. Mas o velho, patife muitas vezes, furtava-lhe algum. Se a negra surpreendia, estourava e brigavam. Aí, a negra não tinha medo. Mas voltavam-se depressinha. A negra repetia que era negra sem-vergonha muito grande, por ter negócio com branco e por aceitá-lo de novo. Uma curva canalha ficava lá no canto da boca de Malagueta. Bem. Mas agora havia dinheiro, dois contos e mais algum, a noite não havia acabado e era boa a maré. Aquela grana, no fogo do jogo, provavelmente se multiplicaria. E Felipe era seu bom. Pois tornando à Lapa, Malagueta iria ao mercado, iria a Felipe, seu camarada que vendia secos e molhados. Entrariam no bom entendimento. A preta ganharia uma porção de coisas para a fartura de muitos dias. Chegaria ao barraco, já meio cambaio pela cachaça, o saco às costas pesando e uma alegria enorme haveria de encher o coração da preta.

– Nêga, hoje você não se vira.

Assim parado, se vendo pelo avesso e fantasiando coisas, Malagueta, piranha rápida, professor de encabulação e desacato, velho de muito traquejo, que debaixo do seu quieto muita muamba aprontava, era apenas um velho encolhido.

Cidade

Uma, duas, três, mil luzes na avenida São João!

A curriola formada à esquina era de sete mais uma mulher, que era amiga de um deles. Fala de bordel, falavam de casos passados, antigamente febris para a baixa malandragem. Fulano fez, fez, acabou lá na cadeia; beltrano deu sorte, levantou duzentos contos nos cavalos, arrumou-se na vida – hoje é dono disto e daquilo; mas um outro, seu parceiro, maconhava com exagero e endoideceu – anda aí pelas ruas falando sozinho; sicrana navalhou a cara da outra, que era sua costureira, mas andava com seu homem. Fosse chibar no diabo! Perus nem falava, nem ouvia, nem pensava nos joguinhos de Vila Alpina; longe estava a contar as luzes da avenida, onde bondes passavam rangendo e autos cortavam firmes como tiros. Era costume do menino enumerar coisas. Sabia, por exemplo, quantas bolas cinco fulano embocou em tal partida, quantos bondes Casa Verde passaram em meia hora. Os luminosos se apagavam, se acendiam, se apagavam, um, dois, um... Aquele exercício o distraía.

–Vai levar muita porrada se quiser ser um virador, seu coió de mola!

Aquela ouvira uma vez, em Osasco, da boca de Bacanaço. Falhada a atenção, se firmara mal, tropicando e desentendendo as bolas numa parada para mais de uma nota de conto de réis. Bacanaço gozara, azucrinara. O menino não gostava daquele esculacho não. Perdia, e até aí era uma parte – estava perdendo o que era seu. E se sentia muito bem naquela ocupação silenciosa de enumerar coisas.

A curriola de sete se divertia com histórias. Bacanaço sustentava o paletó no antebraço, seus sapatos brilhavam, engraxados que foram outra vez, e a mão direita, manicurada, viajava para cima e para baixo, levando e trazendo um cigarro americano. Os bondes passavam.

A cidade expunha seus homens e mulheres da madrugada. E quando é madrugada até um cachorro na praça da República fica mais belo. Luz elétrica joga calma em tudo. Pálidos, acordados há bem pouco, saem a campo rufiões de olhos sombreados, vadios erradios, inveterados, otários, caras de amargura, rugas e problemas... passavam tipos discutindo mulher e futebol e turfe, gente dos salões de dança, a mulher lindíssima de vestido de roda, passos pequenos, berra erotismo na avenida e tem os olhos pintados de verde... "nem é tanto", diz um, para justificar-se de não tê-la... mas os olhos famintos vão nas ancas... malandros pé-de-chinelo promiscuídos com finos malandros de turfe, ou gente bem-ajambrada que caftinava alto e parecia deputado, senador... vá ver – não passa de um jogador... o camelô que marreta na sua viração mesquinha de vender pente que não se quebra, mulheres profissionais, as minas, faziam a vida nas virações da hora... e os invertidos proliferavam, dois passaram agora, como casal em namoro aberto.

Aqueles faziam São Paulo àquela hora.

Era a hora muito safada dos viradores.

Malagueta, Perus e Bacanaço faziam roda à porta do Jeca, boteco da concentração maior de toda a malandragem, à esquina da Ipiranga, fecha-nunca, boca do inferno, olho aceso por toda a madrugada. Lá em cima, seu luminoso apagava e acendia um caipira cachimbando.

Ali tudo ia bem, por fora. Ponto que vibrava e quem visse e não soubesse, diria que eram, honestamente, um grupo de boêmios folgados, ajeitados em boa paz. Mas o misticismo da luz elétrica, de um mistério como o deles, só cobria solidões constantes, vergonhas, carga represada de humilhação, homens pálidos se arrastando, pouco interessava se eram sapatos de quatro contos, cada um com seu problema e sem sua solução e com chope, bate-papo, xícara retinindo café, iam todos juntos mas ilhados, recolhidos, como martelo sem cabo. Nem era à toa que aquela dona, criaturinha magra, mina bem nova ainda, se apagou no tamborete do canto e trazia nos olhos uma tristeza de cadela mansa... Quando a justa, perua preta-e-branca dos homens da polícia roncava no asfalto, a verdade geral se punha na maioria dos olhos. Lugar de vagabundo é a Casa de Detenção.

Vulto magro, ô cadência de malandro, sapateia quando anda, pois, tem muito rebolado, mãos nos bolsos, cigarro no bico, a Teleco na avenida São João. Vestida como homem, era mulher que gosta de mulher. Fina no carteado, muito firme na navalha, até sinuca ela joga. Uma valente da maconha. Àqueles ombros tarimba sobrava, que foram cinco os anos curtidos no pavilhão feminino do presídio da Alegria. À boca pequena, boquejava-se que lá Teleco se fartava, e quando em liberdade até estranhou e precisou arranjar uma amiga. A cabeça da mulata era de cabelos lisos, amaciados à pasta. Pela sua panca resolvida de macho, numa briga corria o pé, enganava e não dava o corpo e ali ninguém levava boa vida, o respeito que os malandros davam à sua inversão.

– Ô rapaz!

Buliu relando no braço de Bacanaço. Catou-o, puxou-o para debaixo do toldo. Teleco, traquejada. O malandro lhe devia coisas não poucas e ela soltou a ladainha. Zanzara de lá pra cá, dera crepe ali, tropicara depois – estava sem nenhum, desempregada.

– Meu faixa, tô desabonado.

Cochicharam, boquejaram.

Bondes passavam jogando. O velho Malagueta gesticulava, com fricotes na parla escarrapachada. Umas três horas já fazia que seus sapatos furados estavam desabotoados, à vontade, e neles dançavam os pés sem meias. Mas o velho nem ligava, folgado. O menino Perus era uma coisa, mas não sabia que era. Modelo, como dizem as mulheres. Malvestido, era verdade, mas nele iam bem os olhos claros, descoroçoados um pouco; ia bem o peito largo se afinando com a altura boa, corpo maneiro de atitude rápida. Um modelo novinho. Até seus andrajos, de certa forma, lhe iam bem. Mas não dava fé, por exemplo, daquela dona que agora na curriola o comia com os olhos. O menino Perus pensava nos joguinhos de Vila Alpina e contava luzes.

Bacanaço lhe escorregou um galo, uma nota de cinqüenta, a mulata Teleco enfiou-a no grilo esquerdo, que no outro bolsinho interno da frente da calça trazia o isqueiro, cômodo, pequenino, à malandra. Recolheu sem verificar, largou o agradecimento, ligeira se sumiu.

Os sete da curriola começaram a debandar. Foi-se um e se foi outro e a mulher com seu amigo, a conversa murchou. Ficaram Malagueta, Perus e Bacanaço.

A madrugada geral continuava; lentos, safados passavam.

Deu-lhes a fome do jogo, deu-lhes a gana. Muito necessário multiplicar aquele dinheiro, metê-lo no jogo, que a noite ia alta, a madrugada em marcha. Rodar, funcionar, vasculhar todas as bocas do inferno e depressinha, enquanto houvesse luminosos acesos. Deu-lhes a febre. E se abalaram e nem quiseram saber se iam certos ou errados.

Os três sabiam que depois dos luminosos a cidade lhes daria restos e lixos. Só. E em pensamento divisavam as probabilidades em três-quatro muquinfos onde se arrumariam ou se entortariam – o Americano da rua Amador Bueno, o Paratodos do largo Santa Efigênia, o Martinelli, o Ideal, talvez o Taco de Ouro...

Travessia da avenida São João, seguimento da avenida Ipiranga. Entraram pela Amador Bueno.

A rua estreita, escura. De um lado e do outro, falhas no calçamento, basbaques espiavam e malandros iam a perambular. Mulheres da hora moviam as cabeças para a direita, para a esquerda, para a frente, na tarefa de chamar homem. A pintura nas caras e nos cabelos se exagerava e elas encostavam-se às beiradas, mascavam coisas, fumavam muito. Ficavam nos cantos, intoxicadas, para enfrentar a rua.

– Moreno, me dá um cigarro.

Seus olhos parados, as bocas mascavam, os homens passavam, escolhiam...

As roupas apertando carnes, que com exagero os decotes mostravam. Umas riam, convidavam, cantarolavam, diziam provocações, piscavam os olhos como menina fazendo arte. Quando em quando, um casal se formava, ela caminhava à frente, rumo ao edifício, a chave na mão, o homem atrás. Intoxicadas. A Amador Bueno era triste.

Muita conversa. Sono, fome e vagabundos nos bancos laterais. Muitas falas daquela gente parda e pálida no Americano, famoso ponto de aponto. Um reduto em que batedores de carteira, rufiões, jogadores e o geral da malandragem se promiscuíam com tiras e negociantes de virações graúdas e miúdas. Quando se pretendia um encontro, era o Americano para todas as espécies de múltiplas arrumações. Mil e um conchavos. Ali funcionavam tipos de muitos naipes, desde a malandragem das beiradas das estações até os comerciantes da rua 25 de Março. Tiras decaídos, tiras atuantes, gente da Força Pública compareciam contemporizados à malandragem. Engraxate, manicure, barbeiro ao fundo.

Aquele sábado, entretanto, o dinheiro nas mesas não corria. Jogo nenhum no salão de vinte e tantas mesas.

Sondaram. Os três passearam entre mesas, tensos passavam sem falar, estirando os beiços, chutando coisas do chão gasto. Havia moscas, fumaça, calor. Mesas vazias, tacos em seus lugares, bolas ausentes. Os barulhos das conversas, os pentes dos engraxates repicavam numa batucada, risos chegavam da barbearia. O bulício aborrecia.

– Não deu pé.Vamos girar.

Voltaram à Ipiranga, com a mesma febre marcharam.

Já de longe o distinguiram, entre dois homens, num terno de brilhante inglês, naquela pose sua com só metade da mão no bolso. Chegaram-se, humildes cumprimentaram, buscaram conversa, tiveram modos. Bacanaço, solícito, estendeu os cigarros americanos.

À esquina da Santa Efigênia toparam Carne Frita, valente muito sério, professor de habilidades. Havia na cidade e ainda noutras cidades bons entendedores e tacos atilados com capacidade para fechar partidas, liqüidando as bolas. Havia nomes e famas que corriam. Muitos, muitos. Praça, Paraná, Detefom, Estilingue, Lincoln, Mãozinha... Eram artistas do pano verde. Mas Frita... quem entendia de sinuca era ele. Em cima dele foram e gramaram muitos e muito esperto perdeu o rebolado, e muito cobra ficou falando sozinho, esfacelado em volta da mesa, como coruja cega. E muito patrão de jogo caro se perdeu em apostas contrárias, em lances para mais de vinte contos. O homem ganhara tamanho, celebridade; uma curiosidade que se exibiu ensinando até na televisão. Seu nome e fotografia em pose de jogo foram para o jornal numa reportagem que assim dizia: "SINUCA DE CARNE FRITA É FALTA DE ADVERSÁRIO!". Era Carne Frita. Botassem respeito, sentido e distância com silêncio e consideração.

Moço, baixinho, com uns olhos de menino, esguio como os malandros do joguinho que andam quilômetros ao redor das mesas, ninguém daria nada àquele, parado, à esquina da Santa Efigênia, dando um gesto de mão a Malagueta, Perus e Bacanaço. Fossem ver... Perguntassem em Goiás, em Curitiba, em Porto Alegre, no Rio, em Fortaleza... Sua história abobalhava, seu jogo desnorteou todos os mestres.

Quem de sinuca entendia era Frita.

Mas a febre era a febre e queimava e dava pressa.

Despediram-se do maior taco do Brasil, ligeiros e firmes entraram pela Santa Efigênia, rua de virações como outras, àquela hora dormidas. Alcançaram o largo Santa Efigênia, a igreja de um lado, a sinuca do outro.

Os sapatos fizeram um barulhão na escada comprida de madeira. Rápidos, subiam. Veio-lhes, num átimo, a fantasia de brincarem degraus três a três. Perus e Bacanaço iam, lépidos.

Malagueta capengou, agüentou-se mal e mal no corrimão, apertou os beiços num esforço. Os companheiros pararam mais acima. Riram:

– Tá caindo do cavalo, velho?

A escada deu-lhes, enfim, o salão.

– Vem cá, moleque!

Piranha esperava comida.

Mal entraram no Paratodos, deram com a voz do negro intimando Perus e o brinquedo acabou-se, e tudo o mais se confundiu, ficou cinzento.

Escuro nas mesas, salão silente, tacos jogados, pontas de cigarros no chão. Luz só no balcão do Paratodos vaziinho, sem jogo, sem parceirinhos.

Aquele silêncio esquisito de esporro que vai se dar.

Piranha esperava comida.

– Vem cá, moleque!

O negro chamando, apoiado ao balcão. De branco, pele brilhando, chapéu de preço, cara redonda, enorme, onde um riso debochado se escarrapachava.

O menino Perus ensaiou maquinalmente a meia-volta. Bacanaço desaprovou, a mão parou, palma para cima; imprimiu:

– O jeito é enfrentar.

Piranha esperava.

O menino foi e se deu mal, que era Silveirinha, o negro tira. Perus se desnorteava em erradas, começava pela timidez de não dizer nada. Chumbado no chão.

Bacanaço se pôs de largo, calmo; Malagueta se foi para o escuro de uma mesa, dobrou-se, aguardou. Jogo? À cata dele chegaram e toparam polícia à boca de espera. Estrepe pesado e duro. Só o homem da caixa contando notas e espiando por cima das lentes redondas como quem nada visse. O homem mais Silveirinha.

Piranha esperava comida.

– Moleque, você já pagou imposto?

Azucrinava, exigia, demorava-se no exame do menino. Ali, cantava de galo, dava cartas, jogava de mão, mexia e remexia, a condição de mando era sua. Infeliz algum abria o bico. Levantou-se, fez a volta ao redor de Perus. Esperou a fala.

O menino tinha um bolo na garganta, feito espeto atravessado. Queria pensar em coisas diferentes, longínquas, estupidamente caçava atar um fio que começava pela mesma idéia e se estraçalhava logo e tornava ao começo. E assim. Não era de hoje que sentia vontade dos joguinhos de Vila Alpina. Se desse uma sorte... A coisa voltava à garganta, via Silveirinha, o pensamento se perdia. Vila Alpina, outra vez. A Vila famosa na boca de todos os malandros, onde Perus se viraria. Silveirinha. Perdia pensamento. O bolo na garganta. Enviava os olhos suplicantes para Bacanaço, mudamente pedia socorro, as mãos paradas, os músculos da cara parados, a coisa na garganta engordando. Adoraria falar! Mas naquele seu quieto humilhado não engrolava nada. Entrevado.

Piranha espera comida.

Malagueta acompanhava. Aquela zombaria e aquela humilhação eram suas velhas conhecidas. Necessário dinheiro para tapar e a boa conversa de Bacanaço, conhecido dos homens da polícia. Malandro de sua classe sempre contorna esbregue com os homens da lei. Na situação nada boa, Bacanaço não trairia, agüentaria o repuxo, iria contemporizar. Nem o menino pegaria xadrez por falta de um entendimento. Aquilo era um conluio, um ali era do outro, diferenças não haveria.

Mas o tempo custava a marchar.

Num lance, o abuso ganhou tamanho. Silveirinha apertava os pés do menino com o tacão do sapato e ria.

No Paratodos, o homem da caixa media os homens, atrás dos óculos de aros de ouro. Mesas esquecidas, luz só no balcão. Nada fazia o homem da caixa senão espiar. Assim eram todas as madrugadas do Paratodos, ponto de Silveirinha. Surgisse malandro desconhecido, cara ignorada, o tira ia ao ataque, exigia com firmeza. Fácil, fácil. Era o comum das noites, e o homem da caixa apenas olhava. Assim era o natural.

Os acintes cara a cara. Pirraçava, achincalhava. Os tacões não comprimiam mais os pés do menino e Silveirinha reconduzia os desacatos.

– Cadê o tutu, moleque?

Pequenos passos de passeio à volta do menino e os risos seguidos. Perus abotoava os olhos espantados em Bacanaço e os pensamentos embaralhavam-se, a testa quente, um peso na testa.

O quê? Viera dar com o lombo no Paratodos a troco de quê? Catar esbregue, confusão? Diabo. E Silveirinha à sua frente, espezinhando. Negro, todo lustrava – pele, sapato, camisa de seda, gravata, terno branco de linho cento e vinte, unhas, dente de ouro...

Diabo. Estava na boca daquele lobo e desabrigado, feito bezerro enjeitado. Os dedos se esfregavam com atropelo, a voz não vinha.

– Meu moleque...

Abraçou o menino e era uma tentativa aberta de surrupiar-lhe a carteira como fazem os batedores e o geral dos lanceiros. O tira, mais alto e mais forte e os ombros de Perus se encolhiam, o menino suava no blusão de couro, se defendia arqueando-se com dificuldade.

De longe, Bacanaço. Uma distância infinita eram aqueles cinco metros os separando. A aperreação sobre o menino já fora a bem mais do que devia, era muita folga. Assim faziam os homens da lei quando exigiam. Machucavam à vontade, satisfaziam-se, as aporrinhações só vagabundo sabe. Sim. Se a gente sair por aí contando como é o riscado da vida de um sofredor, os trouxas, com suas vidas mansas, provavelmente dirão que é choradeira. Sim. E quando se manda um danado e folgado daqueles para a casa do diabo, metendo-lhe com fé uma ferrada nos cornos, uma cortada na cara ou um tiro no meio da caixa do pensamento, a coisa enfeia muito, vai-se dar com o lombo na Casa de Detenção. E são abusados e desbocados e têm apetite de aproveitadores. Piranhas esperando comida. Pisando o menino, azucrinando, tentando surrupiar o menino... Os tais da lei. Encarou Silveirinha, a raiva arranhava. Arrumava-lhe um sapo inchado – ô vontade de lhe dar a ripada! Se marchasse de navalha para cima de Silveirinha não seria a fim de fazer carinho não. Iria solar com vontade. O bicho iria gemer, que ele poderia cortar de baixo para cima, era professor da lâmina ligeira – ligeira varando o paletó de linho, correndo direitinho. Haveria o grito, no começo; depois, o cachorro que rebolasse feito minhoca ofendida no chão, onde agüentaria chutes na caixa do pensamento e nas costelas e todo o acompanhamento que se deve dar a um safado. Bacanaço imaginava-o de boca aberta, estirado naquele soalho, a língua de fora, se torcendo feito minhoca partida em duas. Ou um rato abatido a ferro. Seria só dar à navalha. Sangrar. E fim.

Mas dever, não devia. Era um vagabundo – calasse, engolisse o seco da garganta, aturasse e fosse se rebaixar feito cachorrinho. Pedisse jeitosamente: "faz favor", e desse o dinheiro, entregasse o mocó, o arrego para livrar a cara de Perus. Vontade de cortar, essa era muita. Era um vagabundo, entretanto, e se calou.

Os olhos pequenos de Malagueta pararam no terno branco do tira. Com energia endireitou-se, pôs-se de pé.

– Moleque, toma a tua linha, moleque. Cadê o tutu? – com o dedo mostrava o exemplo: as notas que o homem da caixa contava. – Faz minha vontade, moleque.

Malagueta se continha mal e mal. A perturbação que o menino sofria era muito comprida, larga e pesada. Uma purgação do capeta. Em que buraco caíra o coitado... E estava apagado, apagadinho, não falava um a. Chumbado no chão feito poste de iluminação. Silveirinha? Um cadelo. Esperava um gesto só de Bacanaço e já partiria e desempenharia seu papel e iria apanhar ou surrar muito – pensou. Cachorrada tem limite. Imaginava correr o pé por baixo, partiria para Silveirinha já com o taco na mão. Chutaria os rins, o sexo, depois chutaria a cara balofa. Usaria o bico dos sapatos, os chutes valendo.

Estes e outros pensamentos, entretanto, esbarraram com uma realidade e se esfriaram depressinha.

O que viria depois do arranca-rabo? Baixou os olhos, um vagabundo era um vagal e só. Aquilo, aquilo sempre – vadio é o que fica debaixo da sola do sapato da polícia. O velho se fechou; doía mas Malagueta se trancou. Com as mãos e com a cabeça pediu a Bacanaço. Ajeitasse.

O malandro se chegou.

– O menino é gente minha – sorriu, maneiro, mais pedia que falava. – Podemos conversar, chefe?

– De boas falas é que eu gosto, Bacana. Por isso lhe considero – abriu-se no riso gozoso. – Você é meu, Bacana.

A zombaria continuando naquele "Bacana"...

Fazia uns olhos ruins, satisfeitos. Os safados rendiam-se. Mostravam-se agora – eram parceiros, vadios e associados, com Bacanaço à chefia. Carregavam dinheiro.

Bacanaço fez o sinal, mostrou a escada aos companheiros.

– Desguiando. Se raspando.

Os dois desceram, desenxabidos, esbarrando nas coisas, pernas bambas. As orelhas pelavam. Foram esperar no largo.

Pediu bebida com desplante, indicou o tamborete, sentaram-se como iguais. Como colegas. O malandro e o tira eram bem semelhantes – dois bem-ajambrados, ambos os sapatos brilhavam, mesmo rebolado macio na fala e quem visse e não soubesse, saber não saberia quem ali era polícia, quem ali era malandro. Neles tudo sintonizava.

Silveirinha e o seu Macieira passeando na mão. Sorria, dava tapinhas, uma cordialidade estabelecida à pressa e a seu jeito.

– Estamos aqui, meu camarada – e para o homem da caixa –, o nosso amigo paga.

Chamando-o de meu camarada, de nosso amigo...

Bacanaço aturou e foi acedendo. Pagou o conhaque. O tira sabia de suas vontades presas e se prolongava nos minutos de prosa fiada, se divertia.

Sentiu que não agüentaria mais, ia explodir, boa coisa não faria. Entregou-se, uma ruga nas sobrancelhas. Abriu o jogo, mostrou a nota de quinhentos.

– É o que se tem.

Pretextou pressa, escorregou a cédula, pediu licença. Ganhou a escada de madeira, o amargo na boca.

Silveirinha rematou a bebida, recolheu a nota, examinou as unhas.

– Até, meu camarada.

Lá no largo, os três ouviram ainda a risada que se escarrapachava forte.

Não disseram nada, caminharam. Um sentir de quem perdeu,

um sentimento abafado os arrasava e os unia e lentos, tangidos, caminharam.

Tomaram o viaduto Santa Efigênia maquinalmente, numa batida frouxa e dolorida. Só se ouvia, à frente, o "plac-plac" dos saltos de couro de Bacanaço. A gana do jogo lhes passara de todo e não percebiam o vento quieto e úmido batendo-lhes agora, nas caras e nas pernas. As três cabeças seguiam baixas. Eram três vagabundos e nada podiam. Seguissem, ofendidos.

O velho viaduto Santa Efigênia ficava solene na sua velhice de construção antiga e mais velho, àquela hora de calma. O viaduto velho, os prédios novos, muitos, enormes se atirando em vertical, dormidos agora. Visto de cima, o vale do Anhangabaú era um silêncio grande de duas tiras pretas de asfalto. O menino Perus olhou. Lindo, o vale, aquele silêncio de motonetas paradas, de árvores e de carros em solidão. Lua lá em cima, o menino olhou. Já se percebia, à frente, o contorno do mosteiro de São Bento, também sossegado no seu jeito antigo. Luz elétrica dos postes jogava uma calma...

Uma carga humilhada nos corpos, uma raiva trancada, a moral abaixo de zero. Secos, apenas se olhavam, quando em quando, sem reclamações. Fazer o quê? Eram três vagabundos e iam.

Uma porrada, fora uma porrada. O velho se adiantou, olhou os dois. Emparelharam-se. Os olhares dos três se acharam e Malagueta, Perus e Bacanaço pararam minutos. O silêncio agora pesava, os três olhavam-se, com pena, palavra nenhuma.

Lá embaixo, no vale, um auto roncou, firme, aproveitando a hora.

Havia um padecimento, doía, arrasava.

O velho Malagueta rangeu os dentes, tentou uma careta, necessário dizer alguma coisa, necessário dizer, por exemplo, que não se levassem tanto a sério, apareceu um estrepe, e, afinal, na vida de viradores... A cabeça se mexeu para os companheiros.

– A gente fica até coisa, meus. Aquilo nem é cinismo; é cinidez.

Era nada engraçado. O silêncio pesou mais.

Não era exatamente o dinheiro. Quinhentos cruzeiros não machucam quem se atira a partidas de até dois contos ou atravessa dias sem comer, combatendo em volta da mesa. Dinheiro é do jogo e para o jogo – donde vem e para onde vai. O sofrimento não era pequeno não. Seu tamanho não era o da nota de quinhentos. O que doía era sofrerem uma apoquentação e não poderem malhar o abusado que a vomitara.

Só vagabundo entende aquele espeto. Mocorongo, trouxa, pixote, cavalo-de-teta, otário, vida mansa algum nunca perceberia o que se passava com Malagueta, Perus e Bacanaço. Só um vagabundo.

– A gente inda vai à forra, velhão – Bacanaço deu um tapa no paletó imundo de Malagueta. – Deix'estar. Tenteia, velho.

Só Perus não falou, inteiro no seu quieto.

Angústia parada nos passos lerdos. Marchavam, pálidos, meio cansados. O relógio do mosteiro de São Bento mostrava quase três horas. Poucos vagabundos deitados nos cantos dos portões, cobertos mal, eram amontoados escuros e confusos de panos e folhas de jornal.

Ao Martinelli, sem entusiasmo. Tomaram a Libero Badaró.

O velho salão do Martinelli com seus grandes espelhos laterais do tamanho de um homem, refletindo as luzes brancas, brancas; as paredes trabalhadas à antiga, o ar úmido, o mofo do maior bilhar da cidade. E como o jogo minguasse, o abandono das mesas, dos marcadores e dos tacos alinhados a seus cantos, constrangia. Era um silêncio grande de muitas mesas vazias e de giz esquecido.

Uma voz cortou.

– Charutinho!

O caixa mandava o xingamento sobre um velho, que rebotava a zombaria com uma praga graúda, em italiano. Era um homem bêbado, estropiado, engraxate de mãos imundas, estrangeiro, desses velhos que dormem nos cantos dos bilhares, curtindo fome ou sono, mansamente; e que os malandros e os homens das curriolas xingam, espezinham, chamam de lixo.

– Charutinho!

Aquilo bulia com Perus. Não estava certo esquentar a cabeça de um infeliz com um apelido besta. E era um velho mais velho que Malagueta.

– Charutinho!

A resposta partia em italiano, pronta, violenta, desesperada, o homem batia os pés no chão, ameaçava socos no ar e ficava no meio do salão, cambaio, atrapalhando-se com o apelido e com as pernas, que se desentendiam. Álcool rondava aquela cabeça branca. Houve um momento em que seu nervosismo cresceu e parecia que ele ia chorar.

– Charutinho!

Nenhuma graça. Os três percorreram mesas, marcharam para os fundos, ocuparam o mictório. Perus se exasperou com os berros que vinham do salão.

– Esse cara xingando merecia uma lição.

– Merece – sustentou Bacanaço.

Malagueta, alerta, com a cabeça em seu lugar. Vinham quentes que pelavam do Paratodos e não cuidassem, ficariam fulos com os gritos do caixa. Acabariam explodindo e se atracando com o gaiato, que a raiva mais cresceria. Quebrariam o homem. E para quê? Inutilmente armariam esporro. Estavam já numa onda de azar raiado, houvesse cuidado. Recomendou juízo.

– Deixe pra lá essa zonzeira.

A resposta vinha em italiano. Mandava uma praga.

– *Lazzarone*!

Saíram do mictório, mudos, crispados, andaram, ganharam o vale do Anhangabaú, onde tudo era dormido e só se via um olho aceso no alinhamento dos prédios da rua Formosa – sozinha, a janela maior do Salão Ideal. Caminharam para ela.

A madrugada geral esfriara, pelas ruas de São Paulo corria um vento úmido, aquele vento das madrugadas...

Os luminosos ainda resistiam, os postes de iluminação com

seus três globos ovalados eram agora de todo silentes, e atiravam sobre a cidade um tom amarelo, desmaiado, místico no sossego geral da hora. Para os lados do viaduto do Chá e do Teatro Municipal, os luminosos, em profusão, jogavam cores, faziam truques, acendiam e apagavam uma repetida festa muda.

Perus não perdia do pensamento o caixa xingando o velho. Repetiu, sozinho:

– É um cadelo. Será que ele não tem pai?

No Ideal, deserto, sem jogo, lhes deram uma notícia toda boa. Rondara por ali, não fazia quinze minutos, uma diligência conjunta da RUDE e da RONE – rondas noturnas especiais, que do salão arrancaram de supetão cinco malandros dormindo nos bancos e os trancafiaram, que com aquela polícia não havia conversas, arregos ou arrumações. Malagueta, Perus e Bacanaço haviam escapado por uma asa de barata.

Luz da esperança lhes brilhou.

E entenderam que a maré de sorte lhes voltara, de repente, à grande, gorda e generosa. Pois, até a polícia mais perigosa e séria não evitavam, sem querer?

Uma vontade súbita os tomou. A cidade não dera jogo, dera prejuízo e até estrepe no caminho? Não havia nada não. São Paulo era grande e eles, três tacos, tinindo para o que desse e viesse. Haveria jogo em algum canto. Faziam fé.

E foram afoitos à rampa íngreme da praça Ramos de Azevedo, catariam uma condução, carro, bonde, qualquer coisa. A subida era dura, mas a marcha era batida, confiante. Iam a Pinheiros.

Pinheiros

Na rua comprida, parada, dormida – vento frio, cemitério, hospital, trilhos de bonde; bar vazio, bar fechado, bar vazio...

Malagueta arriava a cabeça no peito, leso, mãos nos bolsos. Bacanaço à frente, vestira o paletó e ia como esquecido dos companheiros. E nem o menino Perus falava.

E caminhavam. Topavam cachorros silenciosos, chutavam gatos quizilentos, urinavam nos tapumes, nos escuros.

Andaram muito, magros e pálidos. E sentiram-se cansados e com fome e sonados. Não lhes acontecia nada. Nenhum boteco aberto. Como aquele silêncio os calava... Não falavam, não assobiavam, um não olhava para o outro.

Pinheiros dormia de todo; nem gente, nem carros, na rua Teodoro Sampaio nenhum bonde passava. Em pensamento, Malagueta, Perus e Bacanaço xingavam Pinheiros.

Cães latiam na madrugada e um galo cantou.

Tinham pressa, mas iam lentos e até chutavam coisas do caminho. Bar fechado, bar fechado e aquele mais adiante já também. Esta repetição os desgostava, os encabulava, metia-lhes pensamentos bestas.

Silêncio os baixa a zero e cigarro nada resolve, só afunda o pensamento errado, amargo, que embota a malandragem, numa onda de coió.

Dinheiro nos bolsos havia, que sobrara algum das divisões de Bacanaço e da exploração de Silveirinha, mas por dentro iam batidos, batidinhos. E Malagueta, Perus e Bacanaço curtiram aquela de pensar.

Uma vez, quando o menino Perus era um menino e trabalhava no brilho de um sapato, que sua viração era engraxar, um safado roubou um aleijado esmoleiro na porteira do trem e o infeliz botou a boca no mundo. Os gritos botaram o larápio a correr para bem longe da Lapa-de-baixo. O bicho vinha aos pinotes, tropicando e chocando-se e chutando coisas que lhe atrapalhavam a corrida, e se apavorou e jogou a grana roubada – era tudo pixulés, caraminguás, notas de um, de dois, de cinco cruzeiros. Aos pés do menino Perus. A rua estava azoada e a polícia chegou não querendo prosas fiadas. Houvesse explicações e imediatamente. Ô atrapalhação ingrata que foi justificar aquele dinheiro... Assim sempre, pensava Perus, trabalhando para os outros, curtindo as atrapalhadas dos outros. Papagaio come milho, periquito leva a fama. Como um pé-de-chinelo, como um dois de paus. Para que esperar um dia de maré de sorte? Para que pretender os joguinhos caros e bons de Vila Alpina? O menino Perus achava que seria sempre um coió-sem-sorte, sofredor amansando a vida deste e daquele. E lhe chegava a idéia velha, solução pretendida, única saída dos momentos de fome.

– Um dia eu me apago.

Roubaria uma grana, se enfiaria num trem para Perus, onde ficaria quieto, para de lá não sair mais. Aturaria a tia, o amásio bêbado, a vidinha estúpida e sem jogo, a enorme fábrica de cimento de um lado, o casario mesquinho do outro. E iria se fanar com uma ocupação na fábrica, com uma enxada, com o diabo. Sua hora de dormir seria dez horas. Lá em Perus, o menino não curtiria madrugadas e fome, nem se atiraria como um desesperado à primeira viração que surgisse. Malandragem não dera pé.

Mas o joguinho virava, sorria, chamava, dava-lhe um parceirinho fácil em duas partidas de duzentos e cinqüenta cruzeiros. Os pensamentos bons iam embora, arranjava um patrão, caía na sinuca. Ganhava um tanto, se arrumava por uns dias. Na continuação, de novo se estrepava, o joguinho castigava. Perus combatia, entretanto. Doía-lhe na pele ver o capitalzinho juntado ir-se minguando, pingado fora de seu bolso, feito coisa do alheio. Desnorteava-se nas tacadas, com pouco estava sem nenhum, arruinado, sem dinheiro e sem patrão. Dias depois, se mortificava com lamentações novas.

Bacanaço andava agora com uma mina nova, vinte anos. Morena ou ruiva não se sabia, que ficava loira de cabelos oxigenados, porque o mulato preferia loiras. Fazia a vida num puteiro da rua das Palmeiras, tinha seu nome de guerra – Marli. A mina lhe dava uma diária exigida de mil, mil e quinhentos cruzeiros, que o malandro esbagaçava todos os dias nas vaidades do vestir e do calçar, no jogo e em outras virações. Quando lhe trazia menos dinheiro, Bacanaço a surrava, naturalmente, como fazem os rufiões. Tapas, pontapés, coisas leves. Apenas no natural de um cacete bem dado para que houvesse respeito, para não andar com bobice na cabeça e para que não se esquecesse preguiçando na rua, ou bebericando nos botecos, ou indo a cinemas, em vez de trabalhar. Obrigação sua era ganhar – para não acostumá-la mal, Bacanaço batia-lhe. Nas surras habituais, o porteiro da pensão da Lapa surgia, assustado. Bacanaço o encarava.

– Olhe, camarada: entre marido e mulher, ninguém bote a colher.

E se o homem perguntava, solícito:

– O seu negócio deve ser cuidar de sua vida – e abria os braços – ou é cuidar da minha?

O tipo se ia, cabisbaixo, desenxabido, para o mesmo lugar donde viera.

Se a desobediência se repetia, o cacete se dobrava. Bacanaço se atilava em crueldades mais duras. Para começo a trancafiava no quarto e partia para a rua, onde se demorava horas. Ia à sinuca, ia andar a fim de pensar bem pensado; a mulher que lá ficasse agüentando fome e vontades. Voltava tarde, bebido e abespinhado, usava o cabo de aço e agia como se Marli fosse um homem. Proibia-a de gritar. Malhava aquele corpo contra as paredes, dava-lhe nos rins, nos nós e nas pontas dos dedos. Encostava-lhe o cigarro aceso nos seios. Às vezes, Marli urinava.

Na outra noite a mulher seguia para o bordel, dolorida,

pisada. Na cama, os fregueses costumavam perguntar o que eram aquelas marcas pretas no corpo.

– É amor – e olhava para o teto –, vamos logo.

E retomava a linha da produção, cadelinha obediente, pronta a entregar o que ganhava. Tudo. Mulher de malandro. Se preguiçasse, de novo era trancafiada e batida.

Mas Bacanaço, agora descendo lento a rua Teodoro Sampaio, não pensava assim. Chegavam-lhe, em pensamento, as coisas boas, numerosas, que dava àquela mulher. Era um protetor. Sacou-a da cadeia várias vezes, arranjou-lhe *habeas corpus*, negociou com tiras do setor de Costumes, tratou com este e com aquele. Mil e uma atrapalhadas. Obteve-lhe um quarto de bordel, entendeu-se com os policiais do *trottoir*, deu-lhe um lugar na malandragem, deu-lhe luz, que diabo! Uma tonta a quem precisou até ensinar como proceder com um homem na cama. Gastara muito dinheiro com aquela Marli, uma criança, uma otária, que nem roubar os fregueses sabia... Um estrepe, uma viagem errada, que só lhe dava trabalho e lhe esquentava a cabeça. Uma trouxa que mal o merecia, malandro maduro e fino.

Tinha em sua mira uma prostituta de fama, um pedação de mulher com quem já ensaiara namoro de olhos vivos, lá na avenida Duque de Caxias. Mulher com uma situação, um apartamento, fregueses de quilate, políticos e outros bichos, vestida como madame. Arisca como manhosa, gata, atraía otários como só mulher que quer e sabe, consegue. Tivera vários coronéis, gente da alta, que lhe davam mesadas de trinta, quarenta contos por mês. Era alta e loira e Dorotéia e o seu dinheiro era muito. E sem amásio, que era mina exigente também. Muito malandro tentara a conquista e ficara falando sozinho. E pelo começo dos olhares interessando-se, aquele medir-se de corpos, à malandra, mudamente sintonizando vontades... Aquilo seria um caso. Dorotéia era loira fornida, de grandes ancas que mexiam, iam e vinham numa batida temperada, manhosa. Uma égua de raça, que corria na boca e na pretensão de grandes malandros.

– Um mulherão na cama.

E um rendimento graúdo.

Para a fantasia de Bacanaço, aquela mulher lhe daria por baixo, baixo, para começo de boa conversa, um carro de passeio. E quatro mil cruzeiros por dia.

Quase quatro horas da manhã. Terminaram a Teodoro Sampaio, com mais um pouco, Malagueta, Perus e Bacanaço estariam no centro do bairro, alcançariam o largo de Pinheiros.

Havia em Pinheiros, junto ao posto maior de gasolina, a Pastelaria Chinesa, fecha-nunca de rumor e movimento, que se plantava defronte aos pontos iniciais dos bondes e ônibus, que dali seguiam para todos os cantos da cidade. A Chinesa fervia, dia e noite sem parar, que ônibus expressos vindos de longe, ou caminhões de romeiros de São Bom Jesus de Pirapora e de Aparecida do Norte ali faziam escala para reabastecimento, paradas, baldeações... Ali se promiscuíam tipos vadios, viradores, viajantes, esmoleiros, operários, negociantes, romeiros, condutores, surrupiadores de carteira, estudantes, mulheres da vida, bêbados, tipos sonolentos e vindos da gafieira famosa do bairro, o Tangará; apostadores chegados do hipódromo de Cidade Jardim... Sobressaíam-se em número os japoneses, calados, cordiais, laboriosos, em trânsito para o mercado de Pinheiros ou para a vida do comércio nas lojas, nos armazéns, nos botequins. Os japoneses, com suas caras redondas e seus modos de falar sorrindo e meneando a cabeça, eram os donos do bairro. A Chinesa, um ponto central, dia e noite. Movimentos vibravam, vozerio, retinir de xícaras, buzinas. Corriam ali muitas modalidades de negócio miúdo e graúdo. Tabacaria, prateleira de frutas, engraxates, banca de jornais e livros e revistas e folhetos de modinhas e histórias de Lampião, de Dioguinho e revistas japonesas, restaurante popular ao fundo, davam assuntos e oportunidades. E aproveitadores proliferavam na confusão, desde o homem triste que vendia maçã de brinquedo até o virador loquaz que aplicava engodos, contos aos caipiras, aos pacatos, aos basbaques, vendendo-lhes terrenos imaginários ou penduricalhos milagrosos, adornos reluzentes ou falsas peças de tecidos famosos com auréola inglesa. Chegado de outros cantos da cidade, dos interiores de São Paulo e do norte do Paraná, o dinheiro ali corria.

Entraram, tinham fome, Bacanaço os convidou, pediram pratos feitos, chamados sortidos. Vieram pratos fundos, cheios – arroz, feijão, farofa, rodelas de tomate, miúdos ensopados. O mulato não gostava de farofa e Malagueta aproveitou-a. Disseram-se coisas, olharam o movimento, a encabulação sumindo. O velho comia com pimenta e bebia cachaça, Perus apreciava guaraná, Bacanaço bebia cerveja gelada.

Comido o primeiro prato, sentiram ainda fome, pediram outro. Veio-lhes depois sono e cansaço. Bebericaram café lentamente. Cansados e sonados de verdade, esfregavam os olhos, bocejavam, deixaram-se ficar, sentados.

Estiveram tempo sem fim, embrutecidos na madorna arrastada. Malagueta pendeu a cabeça, enfiou as mãos nos bolsos, encolheu-se na cadeira; Perus tamborilava num garfo, devagar; Bacanaço espiava, fumava.

No balcão comprido da Pastelaria Chinesa, os ruídos do movimento prosseguiam. As pernas dos homens atrás do balcão não tinham sossego.

Levantaram-se, lerdos, dividiram as despesas. Saíram.

Havia luz lá em cima, e se subissem a escada lhes daria o salão.

– Por mim, a gente ia já pra Lapa – e Perus justificou-se –, tá quase amanhecendo, mora.

Dos lados do mercado chegava um vento leve, frio. Pouca e fraca névoa sobrava da madrugada. Clarões iam surgindo.

Para o velho Malagueta, subir ao salão, tanto lhe fazia. Curtir duas ou três noites de sono exigia o mesmo – botava uma cachaça na cabeça e saía à luta.

Luzes se apagaram nas ruas. Uma palpitação diferente, um movimento que acorda ia-se arrumando em Pinheiros.

Primeiros pardais passavam.

Perus acompanhava os dois, mas olhava o céu como um

menino num quieto demorado e com aquela coisa esquisita arranhando o peito. E que o menino Perus não dizia a ninguém. Contava muitas coisas a outros vagabundos. Até a intimidade de outras coisas suas. Mas aquela não contava. Aquele sentir, àquela hora, dia querendo nascer, era de um esquisito que arrepiava. E até julgava, pela força estranha, que aquele sentimento não era coisa máscula, de homem.

Perus olhava. Agora a lua, só meia-lua e muito branca, bem no meio do céu. Marchava para o seu fim. Mas à direita, aparecia um toque sangüíneo. Era de um rosado impreciso, embaçado, inquieto, que entre duas cores se enlaçava e dolorosamente se mexia, se misturava entre o cinza e o branco do céu, buscava um tom definido, revolvia aqueles lados, pesadamente. Parecia um movimento doloroso, coisa querendo arrebentar, livre, forte, gritando de cor naquele céu.

Entrou no salão, mal reparou nas coisas, foi para a janela. Uma vontade besta. Não queria perder o instante do nascimento daquele vermelho. E não podia explicar aquele sentir aos companheiros. Seria zombado, Malagueta faria caretas, Bacanaço talvez lacrasse:

– Mas deixe de frescura, rapaz!

Foi para a janela, encostou-se ao peitoril, apoiou a cara nas mãos espalmadas, botou os olhos no céu e esperou, amorosamente.

Veio o vermelho. E se fez, enfim, vermelho como só ele no céu. E gritou, feriu, nascendo.

Já era um dia. O instante bulia nos pêlos do braço, doía na alma, passava uma doçura naquele menino, àquela janela, grudado.

–Vamos brincar? – Bacanaço chamava.

Sabia que aquele momento tinha vários nomes e se ria por dentro e desprezava quando lhe diziam "é o nascimento do dia". Os outros nomes também eram frouxos. Gostava um pouco de aurora, um pouco só, quando se falava baixo e sério. Sabia o que tinha de lindo aquele momento e mesmo querendo contar a alguém não conseguiria. Não haveria jeito, com palavras difíceis ou escolhidas ou modo arrumado, que reproduzisse aquele vermelho. Não era coisa de contar. Era de ficar vendo, quieto, parado, esquecido. E bobo.

–Vamos brincar?

Era um salão repintado, de mesas novinhas e vazio àquela hora, só com o dono, um homem solícito, que lhes ofereceu as bolas e informou que o salão tinha só um mês e meio. Mesas excelentes, tacos oficiais, giz americano.

Ordem. Bolas, mesas, marcadores, tacos – tudo novo, limpo, a convidar. O colorido das bolas já distribuídas, alinhadas no pano verde. Chamando.

– Ei, vamos brincar!

O menino se voltou.

Pegaram nos tacos, passaram giz, tacaram sem vontade. Brincavam, malabarismos, manobravam com displicência, esqueciam-se de marcar pontos, invertiam tacadas, espantavam o sono, riam, brincavam. Passatempo, bate-bola, leite de pato, sem nenhuma importância.

No finzinho daquela partida de brinquedo, houve necessidade de Perus aplicar um golpe de vinte pontos. Embocar de estalo a bola seis na caçapa do canto, foi tarefa de um golpe, e a bola branca correu, mansinha, por toda a mesa, fez colocação natural na bola sete, a preta de muito valor. Firme, um atirador que era, Perus embocou o sete duas vezes.

Agora, não se brincava, sérios iam ao jogo. Malagueta espetava, aplicava sinucas repetidas em Bacanaço. O mulato se defendia, hábil, deixava péssima a situação de jogo para Perus e o menino tentava uma bola de valor, caprichava, não queria erradas.

E naquele leite de pato que deu em joguinho sério, um começava a medir o outro com intenções, e safadezas no pensamento começavam a bailar, tímidas, nascendo, roendo, devagar.

O dono do bar limpava o balcão, entretia-se com pequeninas arrumações e quando em quando, punha os olhos na mesa em que o jogo corria. Então, assobiava para disfarçar, como fazem os balconistas quando, furtivos e discretos, fiscalizam fregueses. Se o olhar de soslaio encontrava-se com os dos malandros, o homem dissimulava jogando solicitudes:

– Desejam alguma coisa?

Num desses constrangimentos, Bacanaço fez um deboche:

– Um “simca-chambord” verde e branco. O senhor tem pra vender?

As intenções secretas iam ganhando corpo.

Malagueta media as duas forças – Perus, um atirador; Bacanaço, um atirador. Bem. Se se batessem com ele num joguinho a valer, muito provavelmente fritaria os dois; primeiro, um; depois, o outro. Trancar-lhes-ia o jogo com tamanha amarração intrincada e tantos espetos seguidos, que ambos ficariam como baratas tontas, sem bolas a jogar. Dar-lhes-ia sinucas repetidas, que aquelas mesas eram novas e grandes, mesas oficiais e nelas só um jogador habituado fecharia jogo. Logo... Pediu cachaça. Engendrou – que jogo lhes proporia? Vida, não. Vinte-e-um, não. Disputa só com as bolas seis e sete, era viável...

As safadezas cresciam, incluíam arrumações, dissimuladas, trapaças grossas.

Bacanaço pediu um avental para proteger a calça de linho. Imaginava também um jogo valendo uma grana. Afinal devia tomar-lhes o dinheiro; não fora ele quem os patroara? Engendrou – que jogo lhes proporia? Vida, não. Água Branca? E não era o patrão? Iria perder tempo em Pinheiros? Não, não, nada disso. Malandro vive é com dinheiro. Golpe certo seria quebrá-los através de um marmelo – sugeriria um torneio, uma terceirada e para o jogo partiria ligado com Perus. Perus e ele, trapaceando, comeriam Malagueta. Depois, bem depois, encarar e desacatar o menino seria fácil. Bacanaço era taco melhor, dar-lhe-ia uma vantagem qualquer no marcador e no jogo, estraçalharia Perus. O dinheiro passaria todo para sua mão. Afinal, Perus não lhe dera tanto trabalho lá no Paratodos? Pois. Ambos lhe deviam favores e muitos. E jogou o verde à espera do maduro.

– Sinuca a passatempo é mancada. A gente perde a sensação.

As ruindades, em Perus, reduziam-se em tamanho, cresciam em intensidade – imaginava o vinte-e-um. Queria o vinte-e-um, joguinho que toma tempo. Queria o vinte-e-um, joguinho em que era um artista. Não queimaria um só cartucho à toa, malharia os dois homens enquanto houvesse sinuca no mundo e quanto quisesse. Perderia, talvez, noutras modalidades. No vinte-e-um, ganharia sempre. Era o seu jogo. Habilidades de combinações, evoluiria aos borbotões, fino e certeiro, naquela mesa boa e nova. Bolas finas, embocaria todas. É. No quente de um vinte-e-um... Mas não sentia coragem de convidá-los. Buscar, buscava; mas não encontrava jeito com que iniciar o desacato. Como chamá-los para o jogo, o seu jogo? Afinal, Bacanaço era o patrão e Malagueta, coitado, ajudara-o tanto na Água Branca. Entretanto, mesmo Perus não conseguia afastar a idéia de tomar-lhes a grana. Disse, fingindo apenas concordar, mas ia intenção nas palavras:

– Sinuca a passatempo é jogo de trouxa.

A gana picava-lhes, crescia muda, ganhava malícias, ficava sutil, se escondia num disfarce. Reaparecia, violenta, numa bola sete difícil. Ia, frouxa; voltava dobrada em tamanho. Momentos em que lhes parecia uma vontade estúpida, errada, desnecessária. Noutros, à malandra, chegava risonha, cínica, traquinagem natural do jogo.

Egoísmo é fatal no jogo, um jogador sabe. E o malvado cresceu-lhes a pouco e pouco, minando, fez negaças, manhas, rodeou, rodeou... ficou agressivo, certeiro, definido, total. E exigiu.

Malagueta, Perus e Bacanaço preparavam-se para se devorar.

O dono do bar arrumava pequenas coisas, corrigia o alinhamento das garrafas. Embromava.

Foi quando surgiu no salão um tipo miúdo, lépido, baixinho, vestido à malandra, terno preto, gravata estreita, sapatos pequenos de bicos quadradinhos. Desses sujeitos que fazem suas coisas muito à pressa, passos curtos, rápidos, jeitosos, com o bigodinho aparado que costumam pendurar na cara.

Bacanaço deu-lhe de olhos, fez um estudo.

– Esse tostãozinho de gente aí é algum otário oferecido.

O homem cumprimentou o dono do bar, sorriu, bebeu lá o seu copo, veio se encostando à mesa. Num minuto batia papo com Bacanaço.

– Olá, parceirinho, está a jogo ou está a passeio?

Perus sofria. O homem era Robertinho, dos maiores tacos de Pinheiros, um embocador, fino dissimulador de jogo. Conhecera-o no Aimoré, muquinfo da rua Teodoro Sampaio, e haviam se dado bem. Camaradas.

– Depende de um entendimento, meu.

Camaradas. Em pensamento, Perus pedia a Bacanaço, não marcasse jogo. Robertinho, um bárbaro, piranha manhosa e o pior – escondia jogo. Se quisesse, bolava um plano, passava duas-três horas perdendo, malandro de capital, que era. Depois, mordia, dobrava paradas, ia à forra – largava o parceirinho falando sozinho, sem saber por que perdera. Bacanaço e Malagueta o desconheciam, aquilo era um esbregue que o mulato ia arrumar. E a mais e mais, naquele salão, naquelas mesas, conhecidas de Robertinho como a palma de sua mão... Tacaria como um professor.

– Duas de duzentos e cinqüenta.

Diabo. Bacanaço agora propusera jogo; Malagueta, a seu mando, se bateria com Robertinho. O velho se espatifaria depressinha, perderia uma, duas, dez, vinte partidas, todas. Cairia de quatro. Robertinho jogava três vezes mais que o velho, na lógica natural do jogo. Ô estrepe! E Perus não podia evitar o encontro...

–Vamos lá, parceiro – Robertinho já desatava o paletó.

Quando o malandro deu de cara com Perus, fez não reconhecê-lo, que na velha regra da sinuca, naquela situação, ambos deviam silenciar e primeiramente esperar jogo. Assim fazem os malandros entre si; é regra. E, regra, Perus não podia avisar Bacanaço, nem Malagueta. Não devia entregar Robertinho, que o jogo era muito bom para ele. Nada poderia dizer. Se abrisse o bico, ouviria de Robertinho a palavra "cagüeta", que é o que mais dói para um malandro. E ainda arrumaria briga séria. Bacanaço ia entusiasmado, atiçando. Perus sofria. Não podia arrancar os companheiros daquele lobo e, em havendo jogo, já sabia na ponta da língua a continuação negra daquela parada – Robertinho ia-lhes deixar tortos, tortinhos, sem dinheiro para um café. Nem Bacanaço, nem Malagueta, nem Perus teriam força de jogo para o seu ritmo.

– Jogo o jogo caro, meu – o homem miudinho dobrava preço. – E meu jogo não tem estia: se ganhar, não dou; se perder, não quero. Topa, parceirinho?

Jogo seu não dava consolos, nem os pedia.

Bacanaço dirigia com rompante, autorizou Malagueta, botou-o na mesa.

– O meu empregado é empregado velho. Joga. Estia não se dá e não se leva, que isto aqui é jogo de homem e não de esmoleiro. A quanto?

Quinhentos cruzeiros. Perus suspirou fundo. Ô buraco em que caíram, ô estrepe inesperado! Não havia saída, era esperar sentado, arrasado. Assistiria a Robertinho ganhar uma partida, duas, ou quarenta. Para o malandro, bom realizador, o trabalho seria o mesmo. E Perus não poderia dizer um a. Para começo, o dinheiro de Malagueta se esbagaçaria. Depois, Robertinho morderia o de Bacanaço. E depois...

Mas Robertinho era terrível e deu-lhes o açúcar. Na dissimulada, deixou-se ao gosto de Malagueta, perdeu-lhe três partidas de quinhentos, pagou-lhe, maneiro, concordando. Media-lhe o jogo, estudava.

– Você está inspirado, velho.

Bacanaço vibrava diante do parceirão arranjado. Aquele perderia muito, Malagueta se conduzia bem naquela mesa. Talvez arrecadasse quatro-cinco contos naquele jogo imperdível. Maré de sorte, maré grande. E atiçava:

– Firme, velho!

Perus conhecia a malícia e apenas olhava, esperava o rebote de Robertinho, que certeiro, quebrando tudo, viria quando o malandro bem entendesse.

Mas Robertinho, piranha, perdeu mais duas partidas. Bacanaço bebia cerveja, fazia festas, dava estalos no ar.

– Firme, Malagueta!

Perus, descoroçoado, a seu canto, seguia os movimentos dos homens, que se dobravam na mesa para as tacadas. Esperava o rebote. O contra-ataque viria, iria doer, Malagueta tropicaria, Bacanaço murcharia como um balão furado. Previa. Uma certeza desencantada ficava nos olhos claros do menino.

– Vale um conto? Valendo?

Dobrou-se o preço. Bacanaço acedeu. Perus alerta, o golpe viria. Malagueta foi às bolas.

Gramou ali como um danado. Mas quem ganhou foi Robertinho, ainda dissimulando, pequena vantagem no marcador.

Bacanaço propôs dobrar. Fizeram dois contos por partida. Foram às bolas. Malagueta conduziu:

– A saída é sua.

Robertinho começava a mostrar os dentes de piranha. Efeitos na bola branca com puxadas. Jogava uma bola de valor, embocava-a de estalo, já preparando uma outra, que era a bola da vez.

Diante daqueles começos de tacada longa, Malagueta se apavorava, Bacanaço se punha atento, Perus mais amuado. O velho não conseguia prender aquele suspiro comprido. O jogo não estava prestando...

O outro passava giz na cabeça do taco e ia firme ao jogo atirado. Duas, três dezenas de pontos por tacada, ou alguma coisa a menos. Um atirador como poucos, aquele Robertinho. Estraçalhava.

Duma surtida do malandro, Malagueta não agüentou, fez careta e se benzeu:

– Osso quebrado, nervo torcido, carne rendida, assim mesmo eu te cozo. Sai de mim, azar do capeta!

Robertinho só sorriu:

– Não é nada não, meu parceiro.

Ganhou dois, quatro contos. Forrou o perdido, apanhou a linha de frente, ganhou o seu embalo de jogo. Bacanaço mordido, não acreditava no joguinho, sua teimosia era de pedra. Atirava.

– Dá-lhe, Malagueta! Corre por dentro do homem, velho!

O velho ganhava impulso, fazia uns pontos, tacada boa, espetava em seguida, sua especialidade, largava situação péssima para o adversário. Bacanaço se alentava, jogava elogios novos.

– Manda pras cabeças, velho!

Era quando Robertinho tomava fôlego, embalava o jogo, embocava uma bola de valor, dava colocação à bola branca, construía ângulos, enormizava a diferença no marcador. Era um osso duro de roer, estava tinindo. Um professor.

Malagueta meneava a cabeça, leso.

– Deus me livre e guarde.

Bacanaço mordido, mordidinho, teimava, botava agora o seu dinheiro no fogo do jogo.

Robertinho beliscava, dominando as coloridas no pano verde.

Malagueta deu fé, buscou Bacanaço, arrastou-o a um canto, falou baixo. Propôs parar jogo, já se perdera muito, o joguinho virara, ingrato. O mulato pediu o dinheiro de Perus, recebeu-o, jogou-o na mesa. Largou a palavra final.

– Nada disso, velho! Não paro o jogo perdendo. Vai lá e joga o jogo.

Malagueta quis falar, recomendar juízo, engrolou alguma coisa. O mulato cortou, rasgado:

– Vai pro fogo, velho! Tou mandando...

Bolas batucando. O jogo ia e vinha, vinha e ia e daquilo não saía. Perdia Malagueta. Mais fumava Bacanaço.

Robertinho ganhava. Classe, jogo limpo. Respeito ao parceiro, era um taco. Pouco falava, sério e firme nos seus passos pequenos, rápidos, em torno da mesa. Olhava para as bolas, para o marcador, não motivava encabulações, desacatos, perdas de atenção. Jogava para ele, não assobiava, não cantarolava, acatava Malagueta. Jogava o jogo.

Perus emendava cigarros. Não era de hoje que conhecia bem aquele estilo de jogo e a picardia de seu dono. Fora muito azar caírem nas unhas de um professor.

Acabou o jogo. Malagueta olhava o chão.

– Joguinho morfético!

Robertinho abotoou o paletó, foi para o balcão beber um copo, pagar tempo e despesas. Conversava, calmo. Nem ao de leve era um homem saído de um jogo de três horas e meia. Sossegado, batendo papo. Um taco.

Não falaram em estia, que trato é trato. Bacanaço se lembrou de um galo que trazia no bolsinho da calça. Havia cinqüenta cruzeiros para o ônibus.

No tamborete do balcão, Robertinho não os olhava; conferia o troco. Depois, cofiou o bigodinho aparado.

Quando o passaram de largo, não o cumprimentaram.

Lentos, nas ruas. As cabeças pesavam, seguiam baixas.

Lapa

A curriola formada no velho Celestino contava casos que lembravam nomes de parceirinhos.

Falou-se que naquela manhã por ali passaram três malandros, murchos, sonados, pedindo três cafés fiados.

Obras do autor pela Cosac Naify

JÁ PUBLICADAS

Abraçado ao meu rancor
Ô, Copacabana!
Leão-de-chácara
Dedo-duro

PRÓXIMOS LANÇAMENTOS

Contos inéditos
Comprados e vendidos [novela inédita]

Tipologia
Bembo 12/15.5
News Gothic

Papel
Alta print 120 g/m²

Impressão
Geográfica

Tiragem
3.000 exemplares